RYU NOVELS

技術要塞戦艦大和③

珊瑚海海戦！

林 譲治

この作品はフィクションであり、
実在の人物・国家・団体とは一切関係ありません。

技術要塞戦艦大和③◎目次

マリアナ諸島
フィリピン
ボルネオ島
シンガポール
セレベス島
蘭　印
ジャワ島
チモール島
ダーウィン
ウエワク
ラバウル
ソロモン諸島
ニューギニア島
ラエ
サラモア
ブナ
ポートモレスビー
ミルン湾
クックタウン
ケアンズ
珊瑚海
オーストラリア
ブリスベーン
パース
シドニー

プロローグ

昭和一八年秋、東部ニューギニア。

「定時報告です。敵航空隊の通信量が増えているとのことです」

通信長が船団指揮官に報告する。

「ポートモレスビーか」

「通信分析では、B25ではないかと。まだ二〇機は稼働しているとのことです。それと、オーストラリア軍のボーファイターが二〇機、確認されているそうです」

「B25と組むからには戦闘機としてか」

「奴ら、仕掛けてくるでしょうか」

「来るさ。こちらから戦車を運びますと、さんざん宣伝しているのだからな」

「罠とは思わないんですかね」

「ここは戦場だ。罠とわかっていても攻撃しなければならない時がある」

同時に、商船学校卒の船団指揮官は思う。罠を仕掛けるために危ない橋を渡ることもあるのだと。

その船団は東部ニューギニアに確保した要地を保持し、侵攻拠点とするために必要な物資と兵力を運んでいた。

周囲を第二五号型海防艦六隻が守っている。五

一、五二、五四、五五、五七、五九号である。溶接可能な高張力鋼で量産したタイプだ。
最高速力は海防艦により異なる。タービン主機だと二五、六ノットまで出るが、レシプロエンジンだと一八ノット程度しか出ない。

艦艇の建造では主機がネックとなるため、第二五号型海防艦はレシプロエンジンでもタービンエンジンでもディーゼルエンジンでも搭載できる。それだけ機関室は余裕のある構造となっている。

嘘か本当か知らないが、海防艦の中には焼玉エンジンや自動車のエンジンを並べたものもあるという。

さすがに自動車エンジン云々は嘘だろうが、焼玉エンジンは否定できない。

昨今の海防艦には電探が装備されている。対空脅威は護衛艦艇にとって重要な問題であるからだ。

海防艦による護衛艦艇部隊は連合艦隊傘下ではなく、昨年新設された海上輸送路を警護する海上護衛総隊の傘下にあった。

海上護衛総隊としては、護衛戦力を連合艦隊の掣肘《せいちゅう》を受けずに使いたいということと、連合艦隊としては、攻撃は得意だが防衛は苦手であり、それを作戦面から切り離したことになる。

表現を変えれば、海軍力を前線と後方で分けて、それぞれが合理的に管理されるようにしたとも言えた。

結果的に、海上護衛総隊と連合艦隊では色々なものが違っていた。護衛艦艇は溶接によるブロック工法で量産できたが、乗員の確保が難しい。

海兵出身者は連合艦隊も必要としており、商船学校出身者を次々と海防艦長につけたりした。

海軍官衙《かんが》には頭のいい人がいるもので、まず海軍類別標準で海防艦は名称こそ海防艦のままだが、艦艇ではなく特務艦船に変更になる。

そして、特務艦船は短期現役制度の将校相当官が指揮をとることが認められた。

つまり、海防艦は兵科将校が艦長を務めるような艦艇ではなくて、海軍の仕事をする特務船舶なので、一般の船員が指揮をとっても問題ないという話である。

さすがに海軍とて、船員としての経験がない人間は短期現役でも海防艦長にはしない。

そもそも連合艦隊と海上護衛総隊の共同作戦は考えにくく、あったとしても運用は互いに独立して行われる。それに海防艦が海軍艦艇に命令するようなこともあるはずがなく、逆に関しては状況次第なので、これで問題はない。

ともかく海上護衛総隊は人が足りないので、事務方を動かすのも短期現役の人間ばかりであった。それでも、この時代では珍しい大学卒などの高学歴の人間が司令部では多数働いていた。

これは求人側と応募側の利害の一致のためだ。じつは、海上護衛総隊の司令部要員は海軍の人間となるので、徴兵逃れの手段として大学卒の富裕層に使われていたのである。

海軍の人間であるから厳密には徴兵逃れではないのだが、東京をはじめとして、鎮守府があるような大都市勤務であり、前線に出ることはまずない。海上護衛総隊そのものが後方担当の官衙であるからだ。

この件の道義的な問題はともかくとして、組織運営については悪いことばかりではない。

仕事で成果を出さねば短現の雇用契約を解除される規定もあるため、彼らは必死で働いた。必要なら大学の協力も得ていた。

おかげで海上護衛総隊には船舶被害の統計分析も導入され、暗号も機械化が徹底され、電探の性能も向上した。この面では、海上護衛総隊の電探が連合艦隊に還元されるということも起きている。

そしてある意味、彼らは軍令部以上に敵戦術の研究を重視した。編成した輸送船団の生還率が彼らの査定に影響するからで、査定が低いと同じ海上護衛総隊でも、外地の基地で勤務することとなる。

それだけ前線にも近いし、敵の攻撃を受けることになる。それが嫌なら、結果を出すしかない。

だから彼らは、じつは連合艦隊よりも高い対潜戦術と対空戦闘能力を持っていた。敵の撃破よりも損害減少が優先事項だから、軍令部作戦課などとは前提条件が根底から違っていた。

それだけに結果は出せた。潜水艦を仕留めるより追い払うほうが、ずっと容易《たやす》い。

そうしたなかで、この船団は戦時標準船二〇隻を警護していた。

「そろそろ対空戦闘配備につけ」

指揮官は船団に命じる。自分たちが、いつどこで襲撃されるか。指揮官たちはおおむね予想していた。

海上護衛総隊は連合艦隊と違うため、船団編制ごとに船団司令部を発足させるが、そこには一〇人から二〇人の人間がいた。

それぞれが専門技能を生かして敵情を分析したり、通信傍受を行ったりするのだ。船団が無事に帰国したら、船団司令部は戦闘詳報をまとめて解散する。

一人の指揮官でなんでも行うということは、船団司令部にはない。船団護衛は船舶を最小の戦力で最大に守る組織であるから、司令部も組織的に運用されていた。

それもあって、敵が襲撃するであろう海域を過去のデータから割り出し、ある意味で敵を誘い出す。

この作戦内容はブナ地区の陸軍航空隊にも送られている。陸軍部隊の物資を輸送していることもあるが、船団護衛に関して海軍部隊より協力を得やすいためだ。

ほどなく陸軍航空隊の電波警戒機（電波探信儀を陸軍ではこう呼ぶ）により、ポートモレスビーから航空隊が接近しているとの情報が入る。

すぐに陸軍航空隊との戦闘となるが、敵はボーファイターの戦闘機隊だという。

「やはり陽動か」

船団指揮官は、自分らの予想が当たったことに安堵もするが、恐怖も感じていた。

互いに戦闘機の支援なしの戦闘。すべてが自分らの技量次第だ。

「対空見張電探よりも対水上見張電探に注意せよ。反応があるとしたら、それだ！」

彼らは米軍の戦闘を細かく収集していた。そのなかに反跳爆撃という手法があった。

事例は少なく、どうやら米軍も戦術を改良しようとしているらしい。

しかし、爆弾を海面で跳躍させ、艦船の舷側に命中させるという方法は輸送船には致命的で、そうした攻撃に対する備えは決して十分ではない。

しかもこれを実行するＢ25爆撃機は、高度二〇メートルから五〇メートルという低空を飛行する。対空見張電探では探知できず、頼りは対水上見張電探となる。

ただし、探知距離はそれほど広くはない。だから発見したら、すぐに戦う準備がいる。

「対空見張電探に反応があります！」

連合国側が反跳爆撃に十分な経験を積んでいないことが、船団にはプラスになった。

彼らは船団の手前で急降下して接近しようとした。だから途中までは対空見張電探に捕捉される。そして探知できなくなったところから、敵はやってくる。

敵がやってくる方向はわかっている。六隻の海防艦は船団の左右両舷ではなく、片舷側に集結して敵の接近を待つ。

反跳爆撃に最適な速度はわかっている。だから敵がいまどこにいるのかも、計算で出せた。

対水上見張電探がそれを捕捉した時、データはほぼ計算通りだった。ならば照準は、ほぼできている。目視で照準がつく前に砲弾は次々と撃ち込まれる。

この時、二〇隻の貨物船は、横一列に並んでいた。敵に対して最小の側面を晒《さら》すためだ。

事前の計画がなければ、こんな真似はできない。この配置は反跳爆撃を考える相手には、もっとも面倒な配置であった。正面からの攻撃では、爆弾はまず命中しない。

敵機は肉眼で確認できるまで接近できないが、多数の砲弾が敵編隊の只中で起爆しているはずだった。

敵機がやってくるだろう水平線に赤褐色の雲が生まれる。それは砲弾が炸裂した印だ。

何かが爆発する閃光は、どうやら砲弾が直撃するという悲劇に見舞われた爆撃機があったらしい。

「第二班、攻撃開始！」

船団指揮官の命令とともに、貨物船もまた砲撃に加わる。積み荷の砲戦車は甲板に出されており、それらが仰角をつけて、次々と砲撃に参加する。

砲弾の特性が違う砲戦車の参入に、Ｂ25側も回避のタイミングがつかめない。

砲撃の激しさに一機が爆弾を投下し、それに一〇機近いＢ25が追随するが、爆弾は船団に届かず海中に没した。

逆に慎重に狙いすぎたことが仇《あだ》となり、海面に投下した瞬間に信管が作動し、爆発に巻き込まれて投下機とその僚機が粉砕される。

海防艦が片舷に並んでいるから、反対舷にまわり込もうとしたＢ25は、そちらの貨物船にも対空火器が搭載されている可能性を失念していた。しかもまわり込むあいだ、Ｂ25は攻撃されるだけで反撃できない。

それらの爆撃機は撃墜されるか、爆弾を捨てるしかなかった。

こうして連合国軍の反跳爆撃は完全なる失敗に終わった。

「生き残れたな」

それが船団指揮官の正直な感想だった。

第1章　空母葛城

1

「電探、帰還機を確認。発着機部員は着艦準備！」

島型艦橋のスピーカーから指示が出ると、発着機部の将兵が忙しく動き出す。

そうしているなか、艦攻一機が着陸態勢にはいり、危なげなく着艦を終えた。

すぐに発艦開始の号令が飛び、エレベーターから上がってきた戦闘機がカタパルトまで人力で移動させられる。

すべての作業が終わると旗が振られ、カタパルトが作動し、戦闘機は空にあった。

「なかなか練度もあがってきたようじゃないか」

空母葛城の脇坂艦長は、艦橋から飛行甲板の様子を目を細めて見ていた。空母の六三機の艦載機がどこまで働けるかは、この発着機部員の働きによるのだ。

発着機部の将兵の一部はほかの空母から異動した者たちで、相応の経験はある。しかし、それでもカタパルトは初めてだった。

それは葛城型から初めて実用化された装備だ。にもかかわらず、彼らはそれを着実に使いこなしている。

「いや造船官、なかなか使いやすい空母だ。ありがとう」

　脇坂艦長は熊谷造船中佐に右手を差し出した。熊谷もそれを受ける。

「速力は？」

　熊谷は自身の設計した空母に自信はあったが、この点だけは不安材料だった。

「問題はありません。葛城が低速で使えないなどというなら、海軍の戦艦も使えないってことになります。そもそも空母は航空機が戦う軍艦です。母艦の速度は艦隊行動さえ取れるなら、それで十分でしょう」

　脇坂艦長はそう断言した。

2

　熊谷造船官は、いわゆる乙型海防艦の量産、より正確には溶接構造による艦艇量産に成功したことで、昭和一七年春には異例のことだが造船中佐に昇進した。

　事情通によると、海防艦の量産よりも、輸送用コンテナの量産に目処をつけたことが評価されたという話もあるらしい。

　それは舞鶴鉄工所の吉田社長の業績だと熊谷は思うのだが、溶接可能な高張力鋼について寺本や熊谷がいなければ商品化されなかったことを思えば、わからなくもない。

　寺本造船中佐は潜水艦の第一人者として、水中高速潜水艦に専念しているため、熊谷と会うことはめっきり減っていた。潜水艦は軍機なので、その関係らしい。

それに熊谷の身辺も変わった。海防艦以外に戦時標準船などの策定にも関わり、船体の標準化などにも関係してきた。戦時標準船の派生で、軽空母的な潜水母艦の設計も行った。

そして潜水母艦秀鯨《しゅうげい》が就役した頃、彼は戦時量産型空母の設計を任された。空母的な艦艇ではなく、完全に空母である。

起工から竣工まで半年という無茶な要求であったが、熊谷はなんとか八ヶ月でそれを実現した。艦政本部や軍令部も本気で半年とは思っていなかったのか、八ヶ月の就役を大いに喜んでいた。

就役が早かった理由の一つは、熊谷が予備的な設計を以前から進めていたことが大きい。秀鯨のような艦艇は必要と考えていた熊谷だが、それを空母の代替とするのは無理があることはわかっていた。

現実にはまさに彼が危惧していた通り、秀鯨や卓鯨《たくげい》は潜水母艦というより空母的に用いられ、すでに二隻とも戦没したと聞いている。

そのことが彼に空母開発を急がせた。通常なら空母の要求仕様などは、軍令部から降りてきたものを艦政本部などと協議していくわけだが、そのへんの根まわしだけは熊谷は怠らなかった。

そのため規定の手順は経たものの、事務作業は短期間に完了した。誰もが戦時下という状況を理解していたため、見切り発車もある程度は認められていた。

葛城型空母は溶接によるブロック工法を多用していた。だから、空母のある部分は内陸の鉄工所で組み立てられ、艀《はしけ》で川を移動するようなことも行われた。

熊谷は、こうした建造では主機が問題になることを海防艦開発のなかで学んでいた。そこで、主機は駆逐艦と同じものを利用することにした。多少は出力を向上させるが基本的に同じもので、二軸推進とした。

これは建造面では有利だが、速力は最大でも二六ノットにとどまった。これでも雷装さえしなければ攻撃機は運用できる速度だし、条件に恵まれれば雷撃も可能だ。

比較的低速なのは、別の意味でメリットがあった。いくつもの船型で造波抵抗を計測したところ、二六ノット程度なら複雑な曲線で船体を作らずとも、直線基調の船体でもさほど抵抗は大きくならないことがわかったのだ。

これは量産にはありがたい。すべての造船施設が軍艦の微妙な曲線を製造できるわけではないからだ。

じっさい葛城型空母は直線基調だ。飛行甲板も上空から見れば、なんの変哲もない長方形なのだ。

とは言え、基準排水量一万七〇〇〇トンの空母が最高二六ノットでは、軍令部は納得しない。雷撃機が飛ばせねば意味はないのだ。

そこは熊谷も考えている。この空母には油圧カタパルトが二基装備されていた。

海軍も、昭和八年頃から基礎研究は進めていた。

溶接技術の発達の余波として、こうした分野の油圧機構も性能を向上させていたのだ。高圧でも油漏れもなく、圧の変化に耐えられる油圧管などが実用段階を迎えたためだ。

このカタパルト装備は大型正規空母に比べ、低速の葛城型空母の実用化に大きく寄与した。

葛城型が短期間で就役したもう一つの理由は、空母全体に装甲がほぼないことだった。これは軍令部でも議論を呼んだが、戦時量産型で、大型正規空母を補うものという説明で了承された。

まったくないわけではないが、ないに等しい。

その理由は、一つには空母の装甲化に関して熊谷が懐疑的であることだ。航空機で戦艦さえ沈められる今日、空母を装甲化したところで無敵になるとは思えない。

完全装甲空母があるとして、それが無敵であったとしても、戦争が終わってから完成するのでは意味がない。装甲がなくても、戦力化できる空母こそ意味がある。それが技術者としての熊谷の割り切りだ。

ただ彼は、空母が脆弱《ぜいじゃく》であっても構わないと思っているわけではなかった。装甲が無駄と言ってるだけで、防御は重視している。

それが間接防御の本格的な導入だ。具体的には艦内火災の早期鎮火であり、そのための確実な消火方法である。

それには舞鶴海軍工廠《こうしょう》での海防艦量産の経験が生きていた。電気溶接の技術がまだ発展途上の時、ほぼ完成していた海防艦で火災が起きたことがあった。

納期が遅れた艦橋ブロックを取り付ける作業で、遅れを取り戻すための溶接段階で艦橋の塗装は終わっていた。そこで溶接を行ったが、驚くべきことに艦橋ブロックの塗装が溶接の熱と火花で引火し、一時はブロックの壁面が火に包まれた。

その事故は早期鎮火に成功したが、現場のショックは大きかった。小型艦ながらも応急（ダメージコントロール）の考えを組み込んだつもりが、船体の塗料が燃えるのでは話にならない。

しかも炎上した艦橋ブロックを調べると、舷側電路の電線の被覆まで燃えていた。熱で焼けただけでなく、被覆そのものが延焼していたのである。

すぐに緊急会議が招集され、建造中のものは予算処理の問題があるので就役させたが、新造の海防艦については起工が延期された。

不燃塗料の開発と電線の不燃被覆の開発には時間がかかることがわかり、当座は輸入品で対応し、急場をしのいだ。

技術者として熊谷が欧米との力の差を感じたのは、日米間の貿易が不穏な時期にもかかわらず、燃料も電線もあっさり手に入ったことだ。

つまり、不燃性の塗料やら電線やらは、アメリカあたりでは当たり前の素材であって、輸出制限をかけるほどのものではないということだ。

とりあえず開戦後に満足のいく品質のものは完成したが、日本海軍艦艇の多くはいまだ塗料も電線も従来品だ。なので、定期整備の時に塗料は不燃塗料に塗り直し、電線についても可能な範囲で取り替えていた。

その意味では、海防艦と葛城型空母が海軍で一番燃えにくい艦艇となっている。

間接防御として熊谷が重視したのは、じつは塗料ではなく消火設備だった。塗料問題が解決するかどうか、設計段階ではわからなかったためだ。

まずエリアごとに独立したディーゼル発電機を設置し、緊急時の電力と消火ポンプの動力を確保するようにした。電線が延焼した場合を想定してのことだ。

さらに、動力に依存しない消火設備も用意された。それはスプリンクラーである。スプリンクラーには二系統が用意され、隣接していた。

この二系統の中には、それぞれ甲液と乙液が封入されている。火災でスプリンクラーが作動すると、甲液と乙液が混ざりあって大量の泡が発生し、室内を満たす。泡そのものは無害の石鹸液で、二液で生じるのは炭酸ガスだ。

実験では、格納庫で飛行機が燃える程度ならこの装置で鎮火できることが確認された。よしんば鎮火できないとしても、泡そのものが延焼を抑止した。

スプリンクラーの薬液がなくなったら、弁を切り替えてポンプから海水を噴射できる。

さらに、葛城型はエレベーターも通常とは違う。エレベーターは二基で、艦尾のエレベーターは普通だが、艦首のエレベーターは舷側エレベーターを採用していた。

これは島型艦橋が左舷前方に配置されているのでバランスをとるため、重量のあるエレベーター機構を艦橋と対称な右舷側に設置したものだ。

油圧カタパルトの稼動装置なども同様で、飛行甲板の中央にエレベーターを設置するとカタパルトの油圧機構を設置できないことも関係していた。

エレベーターの位置が艦首と艦尾で違うのは、ほかの空母との比較で気持ちが悪い部分もあったが、中型空母なので艦のバランスを取るのにも相応の工夫が必要なのである。

ただ、悪いことばかりでもない。一つは舷側エレベーターにしたことで、格納庫の舷側が扉で開閉できるようになり、物資補給が円滑に行えるようになった。

もう一つはダメージコントロールとも無関係ではないのだが、万が一の場合に艦の一番下で働く機関部の将兵が脱出しなければならない時、舷側エレベーターまで到達できれば、機関部からの脱出路に使える。

あまり想定したくない話ではあるが、考えておかねばならない問題である。

こうした新機軸を詰め込みながら、空母葛城は竣工したのであった。

3

公試を終えた空母葛城は海軍に受領されると、連合艦隊司令部直率になったが、それと同時に連合艦隊司令部より第四艦隊に編組され、トラック島には補給に立ち寄っただけで、そのままラバウルへと向かった。

この時の第四艦隊司令長官は高須四郎中将であった。ただ第四艦隊は第八艦隊に再編され、それに伴い異動となると言われていた。

「トラック島からラバウルと色々と慌ただしいのだが、ラバウルでの我々の任務は？」

脇坂艦長は、トラック島から同乗している参謀をワードルームへ食事に招き、分隊長以上の幹部がいる前でそれを尋ねた。分隊長以上の幹部が全員いるなかでの質問は、異例のことではあった。それは作戦会議の時にでもすればいい。

しかし、葛城は就役したばかりだ。乗員たちの一体感も、まだできているとは言いがたい。だからこそ、脇坂はこうして食事の時に情報共有を行おうとするのだ。

「基本的には米豪遮断作戦の支援です。第四艦隊は陸上基地建設に邁進しておりますが、空母を欠いているため機動力に劣る。それを補うのです」

脇坂は、そうした総論的な話に興味はなかった。ラバウルが米豪遮断作戦のために確保されているのは、すでに承知のことだ。

「具体的にはどうするのか」

つい詰問調になってしまったが、参謀は動じない。司令部では、そうしたことは日常茶飯事なのかもしれない。

「誤解を恐れずに言えば、決まっていません」

「決まっていない……？」

怒るべき返答なのだろうが、参謀の言い方に脇坂は興味を持った。

「珊瑚海からソロモン方面にかけて米海軍空母部隊が活動している、もしくは活動の兆候があります。空母葛城は就役したばかりで、敵もその存在をつかんでいない。したがって、敵空母部隊に奇襲をかけることが可能です」

「敵空母部隊が動いてくれなければ、我々もどこに向かうべきかわからんということか」

「簡単に言えば、そうなります」

脇坂艦長にとって、それは驚くべき話である。

そもそも、敵空母と戦うなどという話は聞いていない。いや、訓練ではくどいほどそうした話は聞かされていたが、作戦レベルでそれが想定されていたとは。

心がけとしては、敵空母を撃破する技量は目指しているが、現実問題として就役したばかりの本艦が、それなりに実戦経験のある敵空母とぶつかればどうなるかという懸念はある。

一航艦の空母六隻は定期的な整備作業で、いましばらくは実戦に出られない。それまで葛城で戦線を支えろとでも言うのか？

「私の口から言うべきではないかもしれないが、一航艦がドック入りなら搭乗員たちはどうしている。もちろん休養は彼らにも必要だが、そんな計画があるのなら、飛行隊だけでも本艦に移すなどのやり方はあるだろう」

飛行長の篠田中佐は、脇坂艦長の指摘を神妙な面持ちで聞いていた。

彼がなにか悪いわけではないが、若年兵が多いなかで、敵空母といきなりぶつかるのは荷が勝ちすぎると思うし、それは篠田も同様だろう。

彼自身は、自分の部下たちは筋がいいとかねてから脇坂に言っていた。だからこそ、飛行長は彼らを敵空母にはぶつけたくない。

宝石だからこそ、いまは磨くことに専念すべきで、原石のままでは使えないのだ。

「そうした意見もございましたが、現実的ではございません」

参謀はそう言い放つ。

「できないという理由は？」

「一航艦は勝ち続けて今日に至ります。ですが、それは楽な戦いでなかったことはご理解いただけるでしょう。開戦からわずか三ヶ月の間に海軍航空隊の搭乗員は、すでに五〇〇名以上が失われています。経験を積んだ熟練搭乗員が五〇〇人以上、失われているのです」

「五〇〇人……」

脇坂艦長をはじめとして、その場の幹部たちはその数字に言葉もない。

大型空母の航空機搭乗員が、戦闘機から艦攻、艦爆をあわせて一五〇人ほどだ。だから五〇〇人というのは、搭乗員の数だけで言えば、大型正規空母三隻を失ったに等しい。

じっさいは陸攻や飛行艇のような大型機の場合なら、一機撃墜で一〇人近くが失われるので、空母三隻以上という解釈は当たらないかもしれない。だとしても、搭乗員五〇〇名以上を失うというのが甚大な被害であるのは間違いない。

「本来なら、空母の造修をここまで集中して行う必要はありません。それを行っているのは、搭乗員の錬成が必要であるからです。

基地航空隊から空母の搭乗員になり得る人材を集めるのは容易ですが、それでは基地空の戦力が低下する。だからこそ空母搭乗員を教官とし、練度の高い人材を大至急養成しなければならないのです」

参謀によると、空母葛城はそうした面でも期待されているのだという。

空母でもっとも難しいのは離発艦だが、特に発艦のタイミングが難しい。着艦も簡単ではないが、フックにワイヤーさえ引っ掛けてくれれば、進入角さえ正しければ無事着艦は可能だ。そこは指示灯もあり、機械力でなんとかできる。

だが、発艦のタイミングを読むのは容易ではなく、これを間違えると機体は海に叩きつけられる。

その点、空母葛城にはカタパルトがある。発艦の時には十分な揚力が得られるから、海面に激突するという事故はかなり抑えられる。発進のタイミングも発着機部員が艦首部から確認するので、操縦席の搭乗員が苦労することもない。

じっさい、それは篠田飛行長も感じていたことだ。彼自身も空母で飛んでいたことがある。それだけにカタパルトの真価は十分にわかっていた。

ただ、それが人材育成にとって教育期間短縮につながるということまでは、考えが及ばなかった。

「つまり、一航艦の人間は後進の錬成にあたらねばならないため、我々が敵空母の撃滅にあたるということか」

「もちろん、ラバウルの基地航空隊の支援もあるので、葛城一隻で敵部隊にあたりはしない。むしろ、敵に空母一隻と思わせて敵部隊を誘導するという意味合いもあります」

脇坂艦長の気持ちは複雑だった。

大作戦を任されるのは光栄であるが、自分たちの練度にはなお不安がある。一方で、艦隊司令部もまた、練度に不安があるから基地航空隊をつけるという。それは侮辱にも思える反面、仕方がないとも思えるのである。

「つまるところ、実戦で経験を積めということか」

脇坂艦長の言葉を参謀は否定しなかった。それがすべての答えであった。

4

ラバウルに到着した空母葛城は早速、補給を受けた。なるほど舷側エレベーターは便利なもので、多くの物資が艀からエレベーター経由で艦内に運ばれて行く。

空母葛城就役にあわせて、ラバウルには工作艦により現地で組み立てられた船があった。大型の艀にクレーンを搭載した雑船である。

ただそれだけの船であるが、輸送船からの物資移動には八面六臂《はちめんろっぴ》の活躍をしていた。ともかくこいつを使えば、貨物船の船倉をすぐに空にできるから、船の回転率をあげやすいのだ。

戦時標準船の量産はすでにはじまっていたが、絶対数はまだ少ない。だから既存船舶の回転率は重要だ。

ここでも、コンテナ船とそれ以外では回転率の差は明らかで、主計科や経理部ではコンテナ化のいっそうの推進を上申するほどだ。

じっさいコンテナは便利だったが、回収率は高くなかった。前線部隊ではほかの用途に転用することが多かったからだ。

それは陸上基地だけでなく、空母葛城でも起きていた。連合艦隊司令部としては陸上基地隊の回収率が悪いので、コンテナは水上艦艇での補給を優先するように通達が出ていた。

軍艦がこんなもので補給を受けても邪魔なだけなので、コンテナはすぐに回収されるだろうという読みだ。

それは駆逐艦や巡洋艦では間違いなかったが、空母では違っていた。島型艦橋の脇などに置いて、発着機部や整備部の人間が待機したり、道具を置いたりする格好の場所になった。

脇坂艦長も「物品の搬出に手間取っている」という強引な理由で、それを飛行甲板の邪魔にならない場所に置くことを認めていた。

それは第四艦隊司令部からも黙認されはしたのだが、世の中にはタダより高いものはない。

第四艦隊司令部からは別途、新たな命令が下ることになる。

「海防艦、阻止線を設定しています！」

見張員の報告が艦橋に届く。

航海長が葛城を中心とした図面に、海防艦を示す木片を並べる。海防艦の数は六隻。それらは相互に四キロの間をあけて一直線にならんでいる。

阻止線は端から端まで二〇キロの長さになる。

「敵潜は、どう攻めてくると思う？」

脇坂艦長は篠田飛行長の意見を確認する。飛行機に指示を出すのは彼の役割だからだ。

「水中聴音機の有効範囲は二キロ半から三キロ。敵潜はおおむね阻止線の中心付近に潜んでいるとして、阻止線を迂回しようとすれば、二〇キロ以上を迂回しなければなりません。

潜水艦がそれだけの距離を移動した場合、現在位置を確認する作業が絶対に必要になります。長距離を潜航移動すればするほど、潮流などの誤差が大きくなる。

しかし、この誤差の確認により発見される危険が起こる。発見され、阻止線を再構築されれば元の木阿弥です」

「なら正面突破か」

「いえ、それは明らかに愚行です。正面突破は自殺行為でしかありません。すぐに周辺の海防艦に包囲されてしまうでしょう」

「飛行長なら、どうする?」

「迂回します」

篠田は即答した。

「迂回する……それは元の木阿弥と言わなかったか」

「言いました。確かに迂回は徒労に終わりかねない。しかし、撃沈もされない。元の木阿弥はゼロではあってもマイナスではない。

重要なのは、これを何度も繰り返すなら、突破に成功する可能性が高まることです。

阻止に成功する確率が八割としても、潜水艦が迂回による阻止線の突破を執拗《しつよう》に繰り返すと、どうなるか? 八割の成功率が一〇回続く確率は一割程度です。

つまり、敵潜が愚直なまでに阻止線の突破を繰り返した場合、それを一〇回行えば、そのなかの何回目かで成功する確率は九割となります」

「愚直に攻め続けるわけか……すると、下手をすれば一日、二日を、この敵潜のためだけに費やすことになりかねないわけか」

「敵潜の指揮官が忍耐強く、部下を掌握している男なら、それが可能です」

脇坂艦長は顎《あご》を撫でる。葛城を護衛する海防艦は八隻。六隻は阻止線を形成し、二隻は葛城の至近距離にいる。

低速の葛城型空母の予想外の利点は、ここにあった。大型正規空母なら護衛は駆逐艦、巡洋艦となるが、低速空母の葛城型なら海防艦で護衛ができる。

海防艦に駆逐艦のような雷撃能力はないが、空母の護衛にそんなものはいらない。そして、海防艦は対空火器と対潜兵装は充実している。小型の分だけ小回りも利く。数も揃えられる。

海軍軍令部には、一等駆逐艦を艦隊決戦に用いるという考えの人間もいまだに多いため、一等駆逐艦を船団護衛にあてることへの抵抗感も、じつは強い。

そうしたなかで、海防艦の登場は「駆逐艦を駆逐艦任務、つまりは水雷戦隊戦力に専念させるもの」として、好意的に捉えられていたのである。

じっさい一等駆逐艦であれば、葛城一隻のために八隻も集めることは難しかっただろう。

脇坂艦長は腹をくくった。

敵潜がそこまで長期戦を覚悟しているかはわからなかったが、それが起こり得るものとして対処しなければなるまい。

「おそらくは、敵はこちらが疲れてミスを犯すのを待っているだろうな」

だとすれば、ますます敵は長期戦で勝負に出るはずだ。敵が有利なのは、敵の指揮官が部下たちに「長期戦で行く」と宣言したならば、部下たちもそれに耐えられることだ。

なにしろ獲物は空母だ。一日、二日の苦労が報われる獲物である。

対する自分たちはといえば、敵の作戦が持久戦か短期決戦かもわからない。持久戦というのも、あくまでも篠田飛行長の意見であり、敵の指揮官の意見ではない。

敵がどこにいるかより、敵が何を考えているかがわからない。それこそが潜水艦の真の恐怖か。脇坂艦長はそう思った。

そして、敵潜の指揮官は予想に反して短期決戦を選んだ。阻止線の中央を守る海防艦二隻から、ほぼ同時に推進器音を察知したとの報告が届く。

「動き出したか！」

その時の脇坂の気持ちは安堵だった。

敵が動いたことで短期決戦になることよりも、敵の意図がわかったからだ。奴は待つよりも攻めることを選んだと。

しかし、その高揚感はすぐ当惑に変わる。

二隻の海防艦より、ほぼ同時に報告があった。敵潜を見失ったと。

「見失うだと！」

阻止線の海防艦と海防艦の中間を突破したのか？　だが、相当の速力でも出さない限り、それは無理だろう。海防艦とて遊んではいないのだ。

「上空の艦爆は？」

「何も発見してません。潜望鏡もです」

上空には艦爆も飛んでいる。何かあれば急降下爆撃で敵潜を攻撃するためだ。しかし、飛行機は敵潜を発見していない。

葛城周辺の海防艦二隻の動きが慌ただしくなる。敵潜が接近しているなら、それを阻止するのは自分たちしかいないからだ。

二隻の海防艦は阻止線と葛城の間に入り込み、爆雷を投下する。敵潜を牽制するための爆雷だ。いまは敵潜の撃沈より葛城防衛が優先される。

「魚雷接近中！」

見張員の報告は葛城の乗員を驚愕させた。雷撃は、阻止線や海防艦が守っているのとは反対舷からなされたからだ。

魚雷は何もできない空母葛城に命中した。そして葛城より一キロほど離れた海上に、伊号第二〇一潜水艦が浮上した。

「これが、戦艦大和の姉妹艦の実力か」

5

「いや、あの阻止線は見事でした。通常の潜水艦であれば、あの阻止線は突破できなかったでしょう」

立川潜水艦長は訓練終了後の会議で攻める側として、そう発言した。

「我が艦も、やっとマストに電探を装備されるようになったが、今回の演習では、海面上にそれを展開する機会がなかった。

おそらく電探を使おうとすれば、そちらを察知するより先に、こちらが発見されたに違いない」

その発言が社交辞令などではないことは、潜水艦側で、海防艦側の動きをプロットして提出していることからもうかがえた。

それは、正面突破を試みた時に現場で描いていた作戦図らしい。

空母からは、水中高速潜水艦の攻撃は力技で押してきているだけに見えたが、じっさいは緻密な計算の上で行っていたらしい。どうやら、海防艦の性能も計算しての行動らしい。

立川が謙虚なのは、その人間性に負うところも大きいのだろうが、自分たちが海防艦の性能を知っていることもあるようだ。

海防艦の運動性能がわかっているから、攻撃の是非を検討できる。この点を立川はアンフェアと感じたのかもしれない。

もっとも脇坂は、それをアンフェアとは思わない。というのも米海軍が海防艦と戦っているなら、その性能は否応なく明らかになっていくからだ。

現実に自分たちも、敵の艦艇について性能を把握している。それは敵も同じだろう。むしろ演習や訓練という観点では、立川のような襲撃方法こそ実戦的とさえ言えるのだ。

脇坂艦長は立川潜水艦長に答える形で、そうした所感を述べた。

「一つ問題を述べるとしたら、この訓練の欠点とは必ずしも言えないのだが、指揮の問題があると思う」

「指揮というと？」

「護衛の指揮を取るのが、海防艦側にあるのか空母にあるのかという問題だ」

立川潜水艦長は言う。脇坂艦長も、すぐにその意図を理解した。正直、脇坂艦長としては気にしていない話であった。

　そもそも彼らに与えられた任務というのが、伊号第二〇一潜水艦への物資補給と、それによる対潜護衛訓練である。海防艦の多くが就役して間がないため、訓練が必要という主旨だ。

　そのため海防艦の作戦については、阻止線の形成などは古参の海防艦艦長が提案していたが、基本的に同格なので命令権はない。

　階級だけ言えば脇坂大佐が最先任なので、彼の命令にしたがうことになる。

　艦隊司令部側は補給作戦の余技的な意識であったのだろう。だがそれだからこそ、適当に処理した点に問題が見えたというわけだ。

「攻撃される側からすれば、海防艦部隊の指揮官に空母がしたがうほうが、攻撃はやりにくいな」

「海防艦に軍艦がしたがうのか……」

　それは軍令承行令からいっても非常識な話だった。海防艦部隊の指揮官は中佐か大佐で、軍艦部隊の指揮官は大佐か少将だろう。よほどのことがない限り、軍艦側が海防艦側の命令にしたがうなどあり得ない。むろん、立川潜水艦長はそれを承知で言っている。

「あくまでも対潜作戦の効率化という観点での意見だ」

「軍艦側の指示に海防艦部隊がしたがうのでは駄目なのか」

「全否定、全肯定の問題ではありませんが、軍艦に海防艦部隊を指揮させると指揮系統が複雑になり、機動力が活かせません。軍艦に命令しないまでも、指示にしたがうという保証はほしいところです」

立川の指摘は、脇坂には最初は受け入れがたいものであったが、話を聞いてみると、彼の意見にも一理あることがわかってきた。

特に、それが海軍のサブマリナーのなかではエース級の戦果をあげ、さらに狩るのではなく狩られる側の潜水艦側からの意見であることが興味深かった。

つまり、それだけ説得力があるということだ。

この男に「攻撃は難しい」と言わせるような陣形が、つまりは、より堅固な守りであることを意味するからだ。

「とは言え、ここでこうした有意義な話をしても、この場限りとなるのはなんとももったいないですな」

食事会の終わりで立川は、そう言い出した。

「確かに記録に残しておきたい内容ではありますが……」

それは脇坂艦長の本心だった。

そもそも伊号第二〇一潜水艦に空母葛城から補給を行うという変則的な話から行われた訓練だ。空母も海防艦も潜水艦も所属はバラバラで、指揮系統は保たれていない。

だからこそ、見えてきた問題点であり、この場での結論が必ずしも正解ではないにしても、研究すべき問題点は明らかだ。

ここでの見解を組織的な研究にしたいという立川の意見は、脇坂にもわかる。

「主計長、いままでの我々の議論をまとめられるか」

「まとめられますが、少なくともお二人に内容を確認していただく必要があります」

　戦闘詳報などは、文書の扱いに長《た》けているということで、主計科がまとめるのが常である。脇坂艦長の発言はそれを踏まえたものであった。

　ただ実際には、戦闘において各部門の長が経過を記録したものを主計長がまとめるという形をとる。主計長が脇坂と立川に確認するように促したのは、今回は最初から主計長がまとめるという、通常とは違うやり方であるからだ。

「演習の模擬魚雷を返却しなければなりませんし、部下の休養も必要です。伊二〇一に関しては、当方でまとめましょう」

「ならば、葛城も通常の戦闘詳報の書式にしたがうか。いまの議論は双方の所見として記述するか」

「それがよろしいでしょう。もちろん、海防艦もですが」

「当然だな」

　こうして訓練に参加した艦艇すべてが、そこで起きたことを記録することとなった。

　最終的にそれは空母葛城の主計長によってまとめられ、海軍対潜学校や海上護衛総隊に送られることとなる。

6

　空母葛城からの「対潜訓練に関する意見書」は第四艦隊司令部を経由して、連合艦隊や赤レンガなど海軍の中央官衙にも伝えられた。

それが影響を与えたのか、海防艦は当初の四隻で一個海防艦隊だったものが、八隻を単位とした護衛隊編制となった。

　それは第四艦隊の中だけの便宜的な扱いだったが、将校や士官の人事が絡んでくることから、海軍省にも話が通っているのは明らかだった。

　護衛隊には護衛隊本部が編成され、海防艦のどれかにその要員が同乗するとされた。

　本部要員は、海防艦自体が小型艦艇なので五人ほどで、主計関係は各海防艦の主計科から兼任者を出して対応した。

　そのため本部の固有人員は五人しかいない。隊長と参謀四名で、航海と対空、対潜、そして驚くべきは潜水艦担当だ。

　ここが、立川潜水艦長があの場にいたことの最大の成果なのだろうが、潜水艦から軍艦を守る側に潜水艦の乗員を乗せることで、相手の意図を正確に読み取るというわけである。

　このように海防艦隊の陣容が強化されたのには、もう一つの意図がある。つまり、護衛隊が軍艦に命令する、あるいはその逆という問題を回避するのだ。

　軍艦は軍艦として作戦に従事している。だからその軍艦の動きにしたがいつつ、護衛隊が任務を果たしつつ、追躡《ついじょう》する。それが第四艦隊司令部が導き出した回答だった。

　脇坂艦長は、その回答に確かに感心した。問題解決の手段として、確かにスマートな手法だ。ただ、相対的に護衛隊への負担は重い。

　第四艦隊司令部は、この件にはかなり真剣だったらしく、本部の人材の手配も行っていた。

それはもちろん、敵空母部隊攻撃計画の一環であるらしい。敵空母への備えという意味なのだ。

「四艦隊、本気だな」

脇坂艦長はそう思った。

7

長井中佐は波多野大佐の下で、第五〇潜水隊の幕僚として任務についていた。潜水母艦を敵の攻撃で失ってからは陸上勤務となっていたが、彼に新たな赴任先が与えられることになった。

それが新編された護衛隊であった。海防艦八隻からなる部隊の指揮官になるという。

彼のほかには幕僚が四人おり、対潜や対空戦闘の専門家のほかに潜水艦乗りも含まれているという。

護衛隊の八隻は就役して日は浅かったが、練度は思いのほか高かった。

長井中佐はこの部隊の指揮官になれたことに、達成感とともに責任も感じていた。第五〇潜水隊は、潜水艦の補給任務よりも空母的な母艦を扱っていたため、護衛任務も多かったからだ。

それだけに、この任務の難しさも重要性もわかっている。反面、この任務に自分以上の適任者はいないだろうという自負もあった。

「潜水艦と航空機では、どちらが脅威ですか」

幕僚の一人である航海参謀が尋ねる。彼が最年少者であったが、階級は大尉である。彼に限らず、本部で佐官は長井だけだった。

「どちらが、とは簡単に語れないが、昼は飛行機、夜は潜水艦とは言えるかもしれん。夜は飛行機のことは考えなくてもいいからな」

そうは言ってみたものの、長井は夜が安全なのもいまのうちではないかと思っていた。

理由は海防艦にも装備されるようになった電探の存在だ。最近は潜水艦も電探を警戒しなければ夜間でも浮上が難しいことが増えてきた。

電探は普及してきたが、そうなると遅かれ早かれ、飛行機にも搭載されるようになるだろう。そうなれば、飛行機は夜間でも相手を攻撃できるようになる。

長井はそんなことを若い航海参謀に話してみるが、彼は予想外の話を始めた。

「高角砲に電探はつけられないんですか」

さすがに長井も、すぐには意味を取りかねた。

「電探を取り付けて、どうするんだ？」

「百発百中になりませんか」

その発想に長井は虚を突かれた気がした。

なるほど、火器の照準装置に電探を取り付けるなら、距離や方位の計測が正確になるから、夜間でも敵機や敵艦に対応できる。

「それは興味深い意見だな」

さて、この意見をどうするか？　自分で抱えていても、どうにもならないが……。

「航海参謀、それについて提案書を書いてみろ。私から艦隊司令部に提案してみる。ともかく、中央に知ってもらうのだ」

第2章　第五航空戦隊

1

　第五航空戦隊の原忠一少将は、空母瑞鶴とともにラバウルに来ていた。有明、夕暮、白露、時雨の駆逐艦四隻も伴っていた。

　五航戦は本来、瑞鶴と翔鶴の部隊であったが、五航戦の搭乗員の一部が陸上基地で後進の指導にあたっている関係で、いま作戦に投入できるのが瑞鶴だけだったのである。

　なにしろ葛城型空母が複数就役することが決まっており、乗員不足が懸念されたためだ。葛城型はほぼ、蒼龍・飛龍と速度以外は同等の空母であったから、軍令部のこれらにかける期待も大きい。

　しかし、搭乗員のいない空母では話にならず、人員の育成が急がれていた。

　兵器は工場で量産できるが、経験を積んだ人材はそうはいかないとはよく言われるが、航空機搭乗員に関してはまさにそれが起きていた。

　そうした時に第四艦隊に編組されてから、原司令官が最初に言われたことは、五航戦は空母葛城の部隊と行動をともにするということだった。

　空母一隻より二隻で活動するほうが望ましいことは言うまでもない。しかし、原司令官の心情としては、いささか複雑ではある。

瑞鶴一隻で行動しなければならない理由は葛城型の量産にあり、まさにその葛城と行動をともにするからだ。

もっとも、今回の作戦は色々な思惑が交錯してるのも事実だ。本来は、葛城と基地航空隊でニューギニア方面を攻略する話と原は聞いていた。

しかし、連合艦隊司令部から搭乗員錬成という要請により、ある程度の技量の持ち主を参戦させ、実戦経験を積ませるべきという意見も出てきたのだ。

それだけ聞けばもっともらしい話なのだが、じつは訓練を積んだ熟練者を瑞鶴に乗せる分、瑞鶴の熟練者を教官として内地に戻すという話が真相だった。

実戦経験を積ませるために葛城と二隻で対応する。それはある部分で、いまの日本には必要かもしれないが、敵を舐めているのではないかと言えば、否定できない部分もある。

現実にポートモレスビーは攻略の目処も立っていない。かなりの打撃を与えてはいるが、打撃では駄目なのだ。占領でなければ。

そして占領となれば、土地を占領するために陸軍なり海軍陸戦隊なりの兵力が必要になる。ポートモレスビー攻略作戦が必要とされながらなかなか実現しないのも、原因はそこにある。

陸軍はニューギニア方面に貴重な戦力を投入したくない。そうでなくても、日華事変のために師団数は三倍に膨れている。それだけの兵力があるというより、それでも足りないというのが実情らしい。

　なら海軍はと言えば、陸軍が足りない地上兵力を海軍が潤沢に持てるはずもない。

　結局は、陸海軍で占領部隊を編成することに着地するだろうとみんなわかってはいたが、着地点が見えているだけで、具体的な進展はない。

　ただ、海軍としては何もしなければ連合国軍の戦力が強化されることも明らかであり、ポートモレスビーに圧力をかけ続ける必要があった。

　これは陸海軍のポートモレスビー占領作戦にも影響する。そこが十分に弱体化していれば、投入兵力も少なくてすむ。投入兵力が少なくてすむなら、陸軍も兵力投入に前向きになってくれるという道理である。

　だから原の理解するこの作戦は、ポートモレスビー攻略作戦に陸軍を協力させるための支援作戦として、ポートモレスビーを叩くという迂遠なものだった。

　そういう背景のためか、ラバウル近海での訓練もいまひとつピリッとしない。

　空母葛城側は端《はた》で見ていても緊張感が感じられるが、瑞鶴のほうは完熟訓練のための攻撃という認識のためか、決して不真面目とか規律の弛緩があるわけではないのだが、いまひとつ緊張感に欠けている。

　もっとも、それは真珠湾奇襲の時の将兵の顔と比較しているためかもしれないとは思う。

　あの時の将兵には、国の命運を背負っているという自負があり、それは原少将も同じだった。結果論から言えば、六隻すべてが帰還できたが、図上演習などでは二隻程度は失われることを覚悟していたのだ。

つまり、原司令官も自分は戦死するかもしれないと覚悟していた。それを考えれば、ポートモレスビーがなにほどか。

それにもう一つ見逃せないのが、将兵の顔を比較するもなにも、あの時の搭乗員たちは、いまは瑞鶴にも二割半程度しか残っていない。

戦死したり、後進の育成にあたったりと、理由は違えど多くが瑞鶴から降りてしまった。ある意味において、瑞鶴で緊張感が一番強いのは原司令官かもしれない。それは指揮官の責務かもしれないが、孤独であることを意味していた。

そんな原司令官にラバウルの第四艦隊司令部から、とんでもない情報が飛び込んできた。

ただ、その情報に内心喜んでいる自分を原は感じていた。将兵の意識も、この情報で一変するかもしれない。

司令部からの情報にはこうあった。

「米空母部隊の活動の兆候あり」

2

「日本海軍は、ラバウルに空母二隻を投入しています」

レイトン情報参謀が、ニミッツの執務室にて報告する。

「具体的には空母瑞鶴と空母飛龍です」

その報告にニミッツはあからさまに不審そうな表情を向けた。そういう反応はレイトンも予測していたのか、驚く様子もない。

「どうして瑞鶴と飛龍なのだ？　瑞鶴と翔鶴か、蒼龍と飛龍ではないのか？」

「なぜかと言われると、わかりませんが。大型正規空母の多くがドック入りしていることから考えて、とりあえず、整備が終わった空母だけ作戦に投入したということではないでしょうか。

　確かにおかしな組み合わせですが、真珠湾を攻撃してきた時は、六隻の空母が投入されています。すべて同型艦の編制ではありませんし、それを考えれば、さほど不思議な組み合わせではないかもしれません」

「まぁ、ここで議論しても瑞鶴と飛龍が投入された理由はわからんな。本当に瑞鶴と飛龍なのか」

「瑞鶴の移動については、複数の情報源から裏が取れています。飛龍に関してははっきりしません。気がついたら存在していたという感じです。

　どうもかなり隠密裏に動いていたようです。現地の間諜の報告では、中型空母でアイランドは左側にありますから、ほかの特徴とも合わせ、外観から見て飛龍で間違いないでしょう」

「つまり、敵は空母瑞鶴だけがラバウルに進出していると思わせたいということか」

「そう考えるなら辻褄は合います」

　ニミッツは腕を組む。

「つまり、空母瑞鶴を囮《おとり》にして我々が出撃したところを飛龍が奇襲してくるということか」

　ニミッツ司令長官は、一連の情報をそう解釈した。なんのことはない、以前に自分たちが立案した計画の焼き直しではないか。ただ、日本軍がこんな作戦を立案する意図が理解できない。

なぜなら敵は自分たちの裏をかいて、作戦を頓挫させたのだ。だから、敵はこうした作戦を米太平洋艦隊が知っていることをわかっている。

それなのに同じ作戦を仕掛けるとは、敵は太平洋艦隊を馬鹿の集まりとでも思っているのか、それとも別の意図があるのか。

「こんな連中にどう対応すればいいのだ……」

それはニミッツの愚痴であったが、レイトンは自分に意見を求められたと解釈した。だから答えた。

「同じ手を打ってみれば?」

「どういうことだ、情報参謀」

「正直なところ、敵軍の意図は不明です。空母一隻を囮にし、もう一隻を遊撃戦力とする。当然、それくらい我々も見破ります。そのことは日本軍も予想しているはず。

なのにこんな真似をしてきた意図はわからない。となれば、ここでその意図を議論してもはじまらない。ですから、ここは日本軍と同じ手で打って出るのです。こちらも空母二隻を出しながら、一隻を目立たせ、一隻は秘匿する」

「それに意味があるのか」

ニミッツにはレイトンの意図がわからない。

「まず日本軍の意図がどこにあるにせよ、我々が彼らと同じことをするとは思わない。でも、我々は同じ手を使う」

「すぐに敵に意図を気取られるだけだろう」

「それは別に構いません。こちらの空母一隻に、敵はもう一隻の空母がいると考える。自分たちと同じように。さて、この状況で長官が日本軍としたら、どうします?」

「目立つ空母が囮なら、それを攻撃するのは敵の罠にはまるようなものだ。もう一隻の空母を探し出し、攻撃することを優先するだろう」

「そうでしょう。小職の日本での生活経験から言って、日本人は固定観念にとらわれる傾向がある。目立つ空母が囮で、隠れているのが奇襲戦力だと。しかし、隠れている空母こそが囮なら?」

「隠れている空母が囮……」

「隠れている空母を探しだすために、彼らは労力を費やすが、虎の子の飛龍は使わない。

隠れている空母が少し痕跡を晒すだけで、敵はそこに向かう。ならば敵が囮と思っている空母から、あちこちに奇襲を仕掛けられる。それも空母二隻で。つまり、敵の罠にはまったように見せて、敵を返り討ちにできる。空母にはこだわらない。ラバウルへの空襲でも行えば、敵はしばらく動けますまい」

　ニミッツ司令長官はレイトンの策を考える。本当にそんなにうまくいくのかという疑いはある。しかし、やってみる価値はあるだろう。

　日本軍が予想外の意図を持っていたとしても、空母二隻の戦力なら、それに対して適切な対応は可能だろう。結局のところ、どこの国の軍隊にせよ、戦力以上のことはできないのである。

「それで具体的に誰を送る?」

「小職が調べたところ、空母サラトガとレキシントンが使えます。同型艦ですから、敵を混乱させるにはうってつけでしょう。それに、フレッチャー長官にとっては汚名返上の機会になります」

「やってみるか」

ニミッツはそう決心した。

3

空母レキシントンに将旗を移したフレッチャー長官には、その命令は驚くべきものでもあったが、やりがいもあった。むろんそれは彼だけでなく、艦長であるシャーマン大佐にとっても同様だろう。

「ラバウルを奇襲攻撃せよ」

命令はごく短いが、内容は明快だ。

日本軍の一大拠点に奇襲攻撃をかける。小学生が読んでも命令意図を読み間違えることはないだろう。もっとも、その作戦を実行するのは海軍士官学校出身者たちであるのだが。

空母レキシントンと同型艦のサラトガは、ソロモン海からニューギニア方面での日本軍の活動を阻止するために、ゲリラ戦を展開する命令を受けていた。

どうも同型艦で敵を混乱させるという意図もあるらしい。同型艦であることで、そうそう日本軍が混乱するのかという疑問はシャーマン艦長にもなくはないが、ゲリラ戦の本質が心理戦であるなら、同型艦で混乱という発想も無下にはできまい。

ただ、ブリスベーンに停泊していたサラトガと真珠湾からオーストラリアに移動していたレキシントンでは、合流にしかるべき時間がかかるのは明らかだった。

そのためサラトガと合流する前に、レキシントンが一撃離脱でラバウルを攻撃することになったのだ。奇襲計画の命令を受けたものの、どう攻撃するか、フレッチャー長官は考えあぐねていた。

敵の航空要塞を手持ちの空母と駆逐艦で攻撃するのだ。真正面から航空戦を挑むのは、空母レキシントンにとってリスクが大きすぎる。

別にラバウルを占領しようというのではない。敵軍の動きを牽制するのが目的なのだから一撃離脱で十分だし、だからこそ、必要以上のリスクは冒せない。

フレッチャー長官は、まず護衛艦艇の巡洋艦から水偵を飛ばし、ラバウルを偵察させた。

空母を旗艦としているのに水偵を出したのは、空母の存在を知られたくないからだ。水偵なら巡洋艦か何かと思ってくれるだろう。じっさい巡洋艦の艦載機なのだから。

偵察は成功したが、ラバウルの状況について、特に何か新たな発見があったわけではなかった。

空母がいないことは、現地の間諜から報告があった。さもなくばラバウル攻撃をしようとは思わないし、それ以前に艦隊司令部が奇襲を命じたりしないだろう。

レーダーの存在は確認されたが、それも最初からわかっていたことだ。強いて言えば、レーダーが二基あったことくらいか。

それよりもこの偵察での収穫は、ラバウルのレーダーが全周を探知しているのではなく、限られた方位しか監視していないという事実である。

火山の裾にあるラバウルのレーダー基地は、海岸から外洋を監視する配置であり、火山の後ろはレーダーの守備範囲ではなかった。

たまたま水偵が火山の後ろから接近したことで、それが明らかになった。空母レキシントンのレーダーは迎撃機が出たら、いち早く水偵に通報する準備をしていたのに、最後まで水偵は迎撃機に遭遇しなかったのである。

そうやって、フレッチャー長官は何度か水偵を飛ばすことで、ラバウルのレーダーには死角があることを明らかにした。

奇襲にこれを利用しない手はない。

こうして作戦は実行された。

「敵軍に動きはありません」

レーダー手の報告にシャーマン艦長はうなずき、砲術長に命令を下す。

「砲撃開始！」

空母レキシントンと護衛の巡洋艦により、二〇センチ砲の砲撃が行われる。

照準はいい加減だ。ラバウル方面に弾着すればいいという程度の精度である。しかし、それで十分だ。ここはラバウルの奇襲にこそ意味がある。

砲撃時間は短い。一門あたり一〇発、つまり、レキシントンから八〇発、巡洋艦から九〇発の計一七〇発が撃ち込まれた。

結果を言えば、それらの砲弾のほとんどが意味のない場所に弾着し、海に弾着したものも少なくない。最大の損害は砲弾が軽巡洋艦天龍に直撃したことで、同艦は中破し、日本に帰還することを余儀なくされてしまう。

後の話になるが、日本海軍としても軽巡洋艦天龍をいまさら元の形に修復しても、手間の割に戦力としては期待できず、さりとて廃艦にするのももったいなく、ある種、厄介者扱いされた。

各地の海軍工廠などは修繕艦の仕事が山積み状態で、戦力として期待できない天龍のためにドックを塞ぎたくないというのが本音だった。

そこで「民間造船所の技術力向上」を口実に、海防艦を建造している中堅造船所に損傷した天龍が送られてくる。

造船所では、使い道のない平射の主砲は撤去して高角砲に積み替え、損傷箇所は撤去し、溶接ブロックをはめ込む形で修理を完了した。

その後、天龍は海防艦指揮艦という便宜的な呼称を与えられて、船団護衛などに投入されることになる。

天龍のことはともかく、砲撃はラバウルの第四艦隊司令部を驚かせた。電探が敵艦の接近を察知できないことも問題視された。

じつはここに、第四艦隊司令部における電探に対する認識のズレがあった。

高須司令長官をはじめとして兵科将校の司令部は、電探が山の後ろまで監視できないことを知らなかった。偵察機がラバウル上空を偵察した時も、短時間だが電探が察知したことで、日本の電探の性能が低いためと思われてしまった。

技術者にこのことを兵科将校が問うならば、アメリカより性能が低いことは認めなければならない。それは正直な話なのだが、結果として第四艦隊司令部は運用面の問題を認識しないまま、不都合はすべて技術水準の差と認識してしまった。

この状況でラバウルは砲撃されたが、司令部は山の背後から砲撃されたとは考えなかった。常識で考えて海側から砲撃したと考える。

当然ながら、電探はそれを察知できない。結論として電探が悪いから発見できないとなる。

また、ラバウルの電探は基本的に対空見張なので、対水上の見張能力は確かに低い。そして、技術者もそのことは認めていた。

こうしてラバウルの司令部は、二隻の巡洋艦による部隊が奇襲を仕掛けたと結論し、明るくなってから陸攻隊を南下させる。巡洋艦を撃破するためである。

しかし、空母レキシントンはラバウルを北上しており、奇襲部隊を発見できるはずもない。

ただしシャーマン艦長は、そのまま逃げたわけではない。夕刻になると、明らかに空母艦載機とわかるSBD急降下爆撃機で電探基地に爆弾を投下し、そのまま去っていった。

第四艦隊司令部は電探を一つ失うだけでなく、近くの空母部隊から襲撃を受けたことを重く見た。

高須司令長官の分析は明快だった。

「敵は空母部隊による奇襲を計画している。しかし、ラバウルの電探が奇襲の障害となる。なので、まず巡洋艦部隊を先行させ、偵察結果から割り出した電探基地に砲撃を仕掛け、それを撃破しようとした。

しかし、米海軍の夜襲能力は低いために目的は達成できなかった。そのため空母が電探を破壊するしかなかったのだ。つまり、敵空母部隊の攻撃は近い」

真実は、砲撃だけでは巡洋艦部隊しかいないと思われるため、空母の存在も匂わせるための爆撃だった。

高須司令長官は、爆撃機が海からやってきたことを破壊された電探基地が捉えていたことから、連日の索敵を繰り返した。しかし、空母レキシントンを発見するには至らなかった。

高須司令長官から見て不気味だったのは、空母が二隻ともラバウルを離れている時にこの攻撃が行われたことだった。

「敵はこちらの空母戦力を知っているのかもしれない」

高須司令長官はすぐに敵空母の活動の兆候について、巡洋艦の砲撃ともども五航戦と空母葛城に連絡した。


一方、通信科から空母瑞鶴らしき電信がラバウルとの間で交わされているとの報告を受けたフレッチャー長官は、それが予想以上に近場で活動しているとの報告に戸惑っていた。

ラバウルを出港した時期から考えるなら、もっと遠くにいるはずではないか。

それが、いますぐレキシントンの命取りになるわけではないが、問題は空母サラトガとの邂逅《かいこう》前に日本軍に発見されてしまうことだ。

フレッチャーには、前回の作戦も二隻の空母が合流する前に各個撃破されてしまったという思いがある。

だからこそ、彼は二隻の合流を重視する。同じ過《あやま》ちは繰り返せない。

彼はシャーマン艦長にこの問題について相談し

てみた。空母の指揮官は彼だからだ。

「サラトガに支援を要請するチャンスではないでしょうか」

「サラトガに？」

「敵は空母の存在には気がついているかもしれませんが、それがレキシントンなのかどうかはわかっていないはずです。

二隻が活動していることを知っているかどうかはともかく、サラトガが活動すれば、彼らの注意はそちらに向かうはず」

「その間隙をぬって合流を果たすわけか」

確かにもともとの作戦趣旨からしても、サラトガと協力しての日本軍への攻撃は間違っていない。レキシントンの安全確保のためとなれば、なおさらだ。

「さっそく、サラトガに連絡だ」

4

空母サラトガのクリントン・ラムゼー艦長がフレッチャー長官からの命令を受けたのは、オーストラリアのブリスベーンから北上し、ポートモレスビーへと向かう航路上のことだった。

「現在、一番近い日本軍の拠点はどこか？」

連絡役の将校によれば、ブナに日本軍の拠点があるらしい。航空基地建設を目指しているらしいが、いまのところそれは完成していない。

「早期に脅威を取り除く点で、ブナ攻撃は望ましいな」

5

ニューギニアの防衛に関しては、長らく陸海軍で意見の対立を見ていた。

海軍は対米戦略の上からも確保が重要と主張していたが、陸軍としてはこれ以上、大陸からの兵力を中部太平洋などに投入したくなかったのだ。

しかし、陸軍のそうした方針も変化していた。それはダーウィンやポートモレスビーを拠点とする潜水艦や小艦艇の暗躍による。

日本軍に反対するゲリラ部隊へ、そうしたルートからの武器や人員の移動が認められていたためだ。

海軍が逆にこうした活動に無関心であったのは、潜水艦による交通破壊戦が行われているわけではなかったからだ。

連合国海軍の潜水艦も、下手な動きをしてゲリラ部隊への支援を寸断されては困るという思惑もあるわけだ。

しかし、日本海軍もチモール島からダーウィンを攻撃したりするものの、戦力には限界があり、連合国軍艦船を完全に寸断できてはいなかった。

それを証明するように、連合国の小型貨物船がゲリラ部隊に大量の物資を補給するという事件が起きていた。

潜水艦ではなく貨物船であったのは、重量物が多かったためだ。イギリス製の六ポンド砲やカーデンロイドのような豆戦車が補給された。

さらに、歩兵用にトンプソンのサブマシンガンまで提供されていた。

ゲリラ部隊はこうした武装で、日本陸軍が占領している油田を襲撃し、無視できない被害を与えていた。油田の完全破壊という作戦目的は果たせなかったが、それはゲリラ部隊がそうした機材を用いての訓練をほぼ受けていないことを考えるなら、当然のことだろう。

連合国の思惑としては、豆戦車で油田を破壊することではなく、油田の防衛や対ゲリラ戦により日本軍を消耗させることにある。

かの天才ナポレオンでさえ、総兵力の三割近くをスペインでのゲリラ掃討に投入しなければならなかったことを思えば、それは十分な効果をあげるはずだった。その意味では、連合国側はゲリラ部隊を捨て石にするつもりだったと言える。

ともかく、日本陸軍はこうしたゲリラ戦に戦慄した。中国戦線ならまだしも、ジャワ、スマトラ、ボルネオというような場所で、敵が豆戦車まで投入するなど思ってもいなかったからだ。

幸い、豆戦車の数が二輌しかなく、相手側の戦車戦術が稚拙なので撃退はできたものの、それとて火炎瓶による肉弾戦で、火砲によるものではなかった。

また、小銃で武装している日本兵に対してゲリラはサブマシンガンであり、火力の差も歴然だった。

さすがに日本軍にも軽機関銃はあり、ゲリラ部隊の制圧には成功した。しかし、日本陸軍側の犠牲も馬鹿にならなかった。

問題は、同様のことが今後も起こりかねないということである。つまり、ニューギニアをなんとかしなければ、南方の資源地帯の確保はできないという認識である。

連合軍の侵攻を阻止するためにも、ニューギニアの完全占領は不可欠だ。

こうした情勢で、陸海軍はようやく妥協点を見出しつつあった。陸軍も、ただ海軍に協力するわけではなかった。

「ニューギニアの安全確保のために、ニューギニアもしくはラバウルに戦艦部隊を派遣してもらいたい」

それが陸軍第一七軍の要求だった。

「戦艦なくして師団なし！」

それが陸軍の主張であった。陸軍とて、世の中の流れが空母中心になりつつあることくらいは知っている。だが、海軍が戦艦を大事にしていることも知っていた。

仮に空母を出せと言えば、海軍は空母しか出さないだろう。しかし、戦艦を出せといえば、戦艦を守るために空母も出すはず。それが陸軍の計算だ。

もっとも陸軍の要求にかかわらず、海軍は空母部隊を投入する計画ではあったが、そこは海軍も心得たもので、「陸軍に貸しをつくった」ということを忘れなかった。

そういう事情で、ブナ地区には陸軍部隊も海軍部隊も活動していたのである。

戦艦については、トラック島に戦艦大和と伊勢、日向の計三隻が停泊していたが、主に活動していたのは戦艦大和であった。

これは火力と機動力という観点での選択であったが、虎の子なのでトラック島に在泊することが多い。ただ陸軍との関係で、ラバウルに移動することも検討されていたが、米空母部隊の動向が不明であることから、いまのところはトラック島から動いていない。

陸海軍のブナ地区での活動は、いずれも基地建設に関してであった。基地の活動については、順調ともそうでないとも言えた。理由はコンテナにある。

ニューギニアは輸送用コンテナの回収率が極端に低い地域の一つであり、当局者もニューギニアに関しては諦めている節さえあった。

ともかく高温多湿で害虫も多いニューギニアでは、気密性の高い鉄製コンテナの需要は少なくない。それによる疾病率の顕著な低下が数字としてあげられているとなれば、司令部レベルでも回収率を喧伝できないわけである。

一応、上には「破損により破棄」と報告されるが、それは通風装置用の穴を開けたとか、そういう理由だ。

器用な連中は、コンテナの天井に回転銃座を作ったりもしており、そういう意味で基地機能は高い。

ただし、本来の基地は航空基地であり、それについては滑走路が完成するまで使えない。もっとも戦闘機の中には、更地でも離発着できるものもあった。陸軍の九七式戦闘機や海軍の九六式艦戦などである。

いわゆる軽戦闘機であり、現在の航空戦では旧式という印象は否めない。しかし、それでも戦闘機を飛ばせる利点は無視できない。

　特に敵軍が航空基地建設に気がついたら攻撃を受けるのは必至であり、戦闘機は不可欠だった。

　つまりニューギニアの軽戦は、局地戦としての機能を期待されていた。そのため陸海軍とも機銃を二丁増設して、七・七ミリ機銃四丁が標準装備であった。

　また、旧式ならではの利点は信頼性の高さにあった。こなれた機体だから稼働率が高いのである。さらに滑走路も更地ではあったが、穴あき鉄板を敷き詰めることで、離発着は可能となっていた。

　滑走路は二本が予定され、更地に鉄板で戦闘機を飛ばしている間に、一本の滑走路の土壌改良を施しながら進め、それが完成したら鉄板を敷いていた更地の工事にかかる。

　ただここまでやっておきながら、ブナ地区には電波探信儀も電波警戒器もなかった。それらは需要が急増したため、生産が追いつかないのである。

　じつは、状況はもっと深刻だった。

　日本軍の侵攻は計画を前倒しする形で進んでいた。もっとも遅れていると言われていたフィリピン攻略が、じっさいには計画通りのスケジュールで進んでいたことがすべてを表している。

　これにより、あちこちに日本軍の駐屯地ができるわけだが、そうした基地には無線機が設置される必要があった。しかし、基地の急拡大に真空管などの生産が追いつかない。

　基地の定数では、正副二系統の送受信機を持たねばならないのに、定数通りに揃えられる基地が少ないため、副送受信機を欠いているなどいいほうで、主送受信機がないので、より簡便な副送受信機だけで通信をまかなうというのが現実だった。

無線機がこの状況であるから、より高度な技術を要するレーダーの類は生産を後まわしにされがちだった。

それでもまったく電探の恩恵がないわけでもなく、船団が入港する時には護衛艦である海防艦の電探が周辺の警戒にあたってくれていた。

ただ昔と違って、最近は物資をコンテナで輸送する（しかも使用済みコンテナは回収されない）ため、結果的に船団の回転率は高く、海防艦も長居はしなかった。

哨戒艇などが常時警戒にあたるのが望ましいが、もっと北方のラエなどには常駐していたがブナ地区にはなかった。港湾設備がそこまで整備されていないためだ。

そんなブナ地区でも海岸に歩哨は置かれていた。無駄という意見もないではなかったが、軍隊である以上は、基地に歩哨は置かれるのだ。

それに、最近では無駄とも言えない雰囲気があった。蘭印地域でゲリラがアメリカなどから補給を受けて、守備の陸軍部隊が多大な損害を出したという。

潜水艦で海岸に物資を揚陸するらしいとのことで、最近はブナ地区でも海岸の歩哨は真剣味を増していた。いや、増さざるを得なかった。

とは言え、歩哨にとってニューギニアの海は楽ではない。同僚と無駄話はできないし、眺めるものとて海と空しかない。ただ、目が闇に慣れているので、潜水艦が浮上したら深夜でもわかる気がした。

ときどき大発が移動することもあるが、そういう時には航跡が夜光虫の光となってはっきりとわかるからだ。

「うん？」

海岸には離れた場所に何人かの歩哨がいたが、彼らは同時に同じものを見た。沖合で何かが光った。

「雷だろうか？」

沖合の雷雲から稲妻が走ることが、たまにある。深夜ではそれは非常に美しかった。だが、それとも違う。

光から三〇秒ほどして、後方で発光とそれに続く大音響がした。

「基地が爆発……」

沖合の発光と背景の爆発がつながらない。

そうしてさらに三〇秒ほどして、沖合から雷鳴のような音が届く。

「砲撃だ！」

それに気がついた時には、すでに十数発が弾着していた。

「敵襲です！」

電話で本部に連絡するも、すでに電線は切断されている。それにこの状況で敵襲以外の何があるというのか？

歩哨はそれでも本部に報告に赴こうと決断する。

「敵は軍艦二隻！　巡洋艦と思われる」

彼は沖合を見て、それを確認する。砲撃らしい光は二箇所認められる。発光から弾着まで一分なら、敵艦は二〇キロ前後の場所にいる。最大射程がそのへんなら、きっと相手は戦艦より小さな軍艦。ならば巡洋艦だろう。

それが、歩哨がとっさに考えたことだ。同僚が何をしているかはわからない。ともかく、いまは本部へ報告に行くべきだ。

彼は海岸から本部への道を急ぐ。しかし、すぐに無駄とわかる。

本部のある方角が燃えていた。何が燃えているのかはわからないが、ともかく火災が起きている。

道はジャングルを突っ切る一本道だ。歩哨はそこを走った。そして、開けた場所に出る。現地の木材で建設した本部施設が燃えていた。砲弾の直撃は受けていないが、影響は受けたのだろう。

本部の周辺にはなすすべもなく立ち尽くす人や、負傷者の収容に働く人たちがいた。

気がつくと、彼は上官とともに消火作業にあたっていた。報告はしたらしい。彼は巡洋艦二隻の攻撃だと知っていたから。

消火作業はほとんど意味がなく本部は全焼し、結局、書類などの避難が作業の中心だった。

砲撃はやんでいた。そんな長時間の攻撃ではなかったのだろう。

基地周辺の喧騒は、消火作業のためだけではなかった。滑走路の鉄板が整理され、出撃準備が始まっている。

「敵艦を攻撃するのですか！」

歩哨は上官に尋ねる。ここにいるのは戦闘機だけのはず。それでも攻撃するのか？

「攻撃ではない。ここにいるのは戦闘機だ。しかし、敵を見つけることができる！　そうなれば、こっちのもんだ！」

6

ブナを攻撃した敵巡洋艦部隊を発見すべく、夜明けを待たずに六機の九六式艦戦が出撃した。それが手持ちの航空戦力のすべてである。

陸軍の戦闘機とあわせれば、ポートモレスビーからの攻撃は、そこそこしのげる戦力だ。むろんそれ以上のことはできないが。

陸軍機が索敵に加わらないのは、洋上航法の問題もあるが、この巡洋艦部隊の砲撃がポートモレスビーの航空隊と連携していた場合、迎撃戦力がゼロになってしまうことと、九七式戦闘機は航続距離が短いためでもあった。

全戦力とは言っても六機であり、単座機であるから操縦員の負担は大きかった。そもそも六機では十分な索敵は難しい。

それでも彼らが出撃したのは、敵発見の可能性がゼロではないからだ。それに、仮に索敵により敵が発見できなかったとしても「その領域にはいない」ことがわかれば、敵の動きを絞り込める。

ブナ地区の陸海軍戦闘機は無線機を装備し、一回線だけは共通チャンネルとなっていた。陸海軍共同で敵機を迎撃するような場面を想定してのことだ。

このことは、いまのような索敵では大いに役立った。ブナ地区も無線機材は充実しているとは言えなかったものの、航空機との無線通信は比較的整っていたため、状況の変化を逐次報告できたからだ。

基地では敵巡洋艦部隊がポートモレスビーに向かうか、オーストラリアに向かうか、二つに一つと予想していた。

そのため指揮官は最初、ポートモレスビーへの予想進路に戦闘機を向かわせたが、そこが空振りと判断すると、戦闘機隊の針路をオーストラリア方面に切り替えさせた。

索敵としてはかなり異例だが、戦闘機六機でやりくりするとなれば、無理も必要だ。

そうして六機の戦闘機は、それぞれに異なる針路で飛行するよう命じられた。

ある角度の範囲で敵巡洋艦部隊が艦隊速度で移動した場合に、戦闘機が敵と接触する最適なコース。そうしたことを基地では幾何学的に割り出していた。

だが、敵の姿は意外な形で現れた。九六式艦戦の一機が、前方から接近する飛行機を発見する。

「前方よりF４F戦闘機接近中！　敵は空母なり！」

じつはこの瞬間に、ブナ地区の航空基地指揮官は過日のラバウルの奇襲と合わせ、敵は空母レキシントンかサラトガであると分析していた。

理由は単純すぎるほど単純なもので、この二隻だけが巡洋艦並みの火砲を搭載していたからだ。

敵が航空隊で攻撃をかけてこなかったのは、日本軍の反撃を避けるために攻撃を仕掛けるなら夜襲しかなく、夜襲なら航空攻撃ができないから。

それでも空母なのは、空母なら戦闘機で我が身を守れる。レキシントン級なら、最小の戦力で攻撃と防御の両方ができるから。

それは合っている部分と誤っている部分があったが、レキシントン級空母という結論だけは、ともかく間違っていなかった。

九六式艦戦は、敵のＦ４Ｆ戦闘機が二機であることは把握していた。これはなかなか難しい局面だ。さすがにＦ４Ｆ戦闘機二機に九六式艦戦一機では分が悪い。

撃墜するより、どうやって生還するかが問われる状況だ。しかし、九六式艦戦は逃げはしなかった。逃げたとしても、速力はＦ４Ｆ戦闘機が上なのだから逃げ切れるはずもない。

もちろん、撃墜されるつもりもない。残された選択肢は戦うことだ。

一機を撃墜すること、それに絞る。一機が撃墜されれば僚機は逃げるだろう。それに賭ける。

じつをいえば、偵察という観点では任務は、ほぼ終わっている。

ここに敵空母がいる。この事実が明らかになっただけでも、友軍の選択肢は拡大した。あいまいな敵の姿がはっきりしたことで、取るべき戦術も明確になったからだ。全方位に兵力を展開する必要はなくなった。その意味では、九六式艦戦はここからは自由に戦える。

Ｆ４Ｆ戦闘機は縦に一列で迫ってきた。若年兵が攻撃し、失敗したらベテランがその後始末をする。そういう布陣ではないか。

九六式艦戦の操縦員は、そう判断した。彼はそこで、逃げるように見せかけつつ正対する敵機に対して反転する。

　Ｆ４Ｆ戦闘機のほうが高速なので、先頭のＦ４Ｆ戦闘機は間合いを詰めてきたが、逆に後ろのベテラン機は新人に花を持たせようとでも考えたのか、少し後ろに下がった。

　Ｆ４Ｆ戦闘機の大きさはわかっているから、見え方で相手との距離は予測がつく。つまり、敵機がどのタイミングで銃撃を仕掛けてくるかが予想できるわけだ。

「いまだ！」

　彼は水平方向に大きく旋回して、Ｆ４Ｆ戦闘機の銃撃をかわすと、後ろのＦ４Ｆ戦闘機に対して、側面から銃撃を仕掛けた。

　銃撃可能な時間は短かったが、銃弾は着実にＦ４Ｆ戦闘機に命中していた。

　さすがにそれで撃墜はできなかった。しかし、Ｆ４Ｆ戦闘機は黒煙を曳《ひ》きながら戦線を離脱する。

　この状況に、残されていたＦ４Ｆ戦闘機も離脱を選択した。臆病というよりも、僚機と歩調を合わせるように言われていたのだろう。

　これにより周囲に敵影は見当たらず、なおかつＦ４Ｆ戦闘機を追尾すれば空母の場所がわかるという状況が生じた。

　果たして数分後にレキシントン級空母の姿が見えた。燃料のこともあり、彼は必要なことを報告すると、そのまま帰路についた。

7

「仕方ないな」

空母サラトガのラムゼー艦長は、レーダーが敵機の姿を捉えたとの報告に、そうつぶやいた。

敵の拠点を砲撃したのであるから、結局のところ、それはストロークの長い攻撃ができるという空母の利点を捨てたようなものだ。

それでも敵機が全滅していれば逃げ切れただろうが、こうも早く現れたとしたら、ブナ地区に飛行機が残っていたのだ。

迎撃に向かったF4F戦闘機によれば、敵機は戦闘機であるという。偵察機でも爆撃機でもないのは、砲撃がまったくの無駄ではなかったということであろう。

これは重要な情報だ。敵が攻撃機を出すまでには、まだ数時間の余裕がある。どれだけの規模で現れるかはわからないが、レーダーがあれば、奇襲されることはないだろう。

ラムゼー艦長は、現状をフレッチャー長官に報告した。今後の指示を仰ぐためである。良くも悪くも、現在はサラトガが敵の関心を引いている。

だからサラトガがここで南下して撤退すれば、レキシントンも逃げ切れる。そういうシナリオをラムゼー艦長は考えていた。

常識的に考えても、とり得る選択肢はそんなところだろう。

だが、フレッチャー長官からの命令はそうした予想とは違っていた。その命令にラムゼー艦長は腹をくくらざるを得なかった。

「フレッチャーの親父はやる気だ」

「これはチャンスだろう」

シャーマン艦長以下、空母レキシントンの面々はフレッチャー長官のその言葉の意味がわからなかった。

空母サラトガが敵機に発見されたことの、どこがチャンスなのか。

「現時点で、空母サラトガを攻撃可能なのは？」

長官の問いに参謀が答える。

「ラバウルと空母二隻です」

それを聞くと、フレッチャーは満足そうにうなずく。

「現在、我々はここ、サラトガはここにいる。ラバウルはその北方であり、瑞鶴と飛龍も同様だ。だとすれば、敵がサラトガを攻撃するとなると、航路はこの直線になるが、それは我々のレーダーの範囲内だ。ならば敵をレーダーで捉えた時にそれを側面より攻撃すれば、敵には奇襲となるだろう。

もちろん、敵には我々はわからない。タイミングを間違えなければ、敵はサラトガの航空隊に攻撃されたと判断し、混乱するに違いない。

敵の第一陣を撃破すれば、第二陣を出撃させるまでにサラトガは逃げおおせるだろうし、我々も敵の勢力圏から去って、合流を果たせるだろう。本格的な攻勢はそれからだ」

フレッチャー長官の作戦に、一人の参謀が提案する。

「我々の護衛部隊の重巡アストリアにもレーダーはあります。アストリアを北上させ、我々は南下すれば、航空隊を出撃させるタイミングを自由に選べます。

そうすれば、敵に対してより有効な攻撃ができるかもしれません。うまく誘導すれば、サラトガの航空隊との合流も可能かもしれません」

「すばらしい！」

フレッチャー長官には、その参謀の提案は天才の閃《ひらめ》きにさえ思えた。

確かにレキシントンのレーダーで察知して、航空隊を出撃させても移動時間のロスもあり、迎撃戦闘に十分な時間を確保できない。しかし、アストリアからレーダー情報の支援があれば、戦術的な自由度は大きく増す。

「さっそく、重巡アストリアを配置につけろ」

こうして重巡アストリアと駆逐艦一隻の部隊がラバウルからの航空隊に備えて配置につくべく、本隊と分離した。

8

「敵空母の攻撃か」

原司令官は第四艦隊からの攻撃命令に最初は戸惑った。

瑞鶴はラバウルにいたが、葛城は訓練のためにラバウルの外にいる。本来なら二隻が合同して航空隊を出すのが望ましい。しかし、それでは勝機を逃してしまう。

高須司令長官によれば、ラバウルから出せる陸攻隊は少ないらしい。先日の砲撃の影響で、稼働機が減っているのだという。

倉庫として使っているコンテナの一つに砲弾が命中したが、その中にあったゴムのパッキングか何か、ごくつまらない部品が全滅したため、整備がとまっているという。

信じがたい話だが、飛行機のように複雑な機械ならあり得るかもしれない。

トラック島から代替品を空輸するが、それにしても陸攻隊が飛べるのは明日である。なので、いまは五航戦だけが頼りだという。

そうなると、ともかく空母葛城から攻撃隊を出さねばならない。

「空母葛城に出撃命令だ」

9

「出撃準備だ。急げ！」

発着機部の下士官が、作業にあたる部下たちを叱咤する。それに応えるように部員たちは忙しく働く。

「射出機、準備よし！」

カタパルトに引き出された零戦にワイヤーがかけられ、発着機部員が発艦準備完了を示すように腕を上げる。

油圧カタパルトが動き、零戦は無事に発艦した。ピストンは次の発艦にそなえて元の位置に戻るが、カタパルトの周囲には摩擦熱の熱い空気が吹き出した。

「馬鹿者！　火傷するぞ！」

動きの鈍い部員に下士官が怒鳴る。経験を積んだ人間は、カタパルト周辺の一瞬立ちのぼった陽炎が消えてから、次の作業にかかる。

油圧カタパルトは開発初期には発進も元の位置

に戻るのも油圧が使われていたが、いまは定位置に戻る時は別系統の空気ピストンが用いられていた。空気ピストンが急膨張するする時の吸熱反応で油圧系統を冷却させるためだ。

だから、カタパルトの油圧ピストンにすぐに触ると火傷する。飛行機を飛ばすとは、それだけのエネルギーを消費する行為なのだ。

脇坂艦長は艦戦と艦爆だけを出撃させていた。雷装には時間がかかるのと、カタパルト発進でも神経を使うからだ。

むしろここは、艦爆で飛行甲板を叩き、敵の航空戦力を封じ込めるのが得策だろう。

葛城の艦載機の定数は艦戦、艦爆、艦攻それぞれ二一機の合計六三機だったが、脇坂は艦戦一二機、艦爆一二機の計二四機の戦爆連合で出撃することとした。

第二次攻撃が必要な状況を考えてのことであるが、それは取りも直さず脇坂艦長が、第一次攻撃隊では敵空母を撃沈できないと考えていることも意味していた。

部下を信用していないわけではない。ただ艦長としては、部下の技量を過大に見積もることもできないわけだ。そこは組織管理者と軍人の立場の違いである。

それでも、どちらの立場からも言える言葉があった。

「頑張ってこい！」

第3章　珊瑚海海戦

1

重巡洋艦アストリアのウイリアム・グリーンマン艦長は駆逐艦一隻を伴い、ニューギニア島沖合を北上していた。任務はレーダーにより本隊に先駆けてラバウルからの攻撃を察知し、報告する点にある。

作戦主旨は、空母サラトガを攻撃しようとする日本軍の航空隊を空母レキシントンの航空隊で奇襲するというものだ。

レーダーで事前に察知すれば、最適の位置で待ち伏せすることができるし、空母レキシントンの安全も確保できる。

ただ、アストリアの安全は未知数だった。日本軍の航路はサラトガとラバウルを結ぶ直線上と推測され、アストリアはその線上から離れてレーダーで敵を監視する。

レーダーの有効圏内をその直線が通過するという位置関係なので、日本軍がどういう針路を取るかで、自分たちが発見されてしまう可能性は否定できない。

そうなれば、自分たちが攻撃される可能性が高くなる。もっとも攻撃されたとしても、空母部隊の計画にはさほど影響しない。敵航空隊が、いつどこに現れたかはわかるからだ。

敵の戦力にもよるが、アストリアを攻撃したから、それで作戦を終了するようなことはまずあり得まい。結局は、空母の攻撃は行われる。

だから、敵航空隊が自分たちを攻撃しないことも十分に考えられる。しかし、そうだとしても主導権が敵にあることを意味する。

さらに、その航空隊からの攻撃はないとしても、別働隊が派遣されない保証はない。つまりは発見されてしまえば、危険は早いか遅いかの違いでしかない。

だからできることは、レーダーの性能を最大限に出せるようにする対空火器に万全をきたす。それくらいしかないだろう。

グリーンマン艦長はそんなことを考えながら、ラバウルのほうに双眼鏡を向けていた。

2

「ニューオリンズ級重巡とベンソン級駆逐艦です」

先任将校が艦型図をまとめたリファレンスを見ながら、立川潜水艦長に報告する。

「駆逐艦は重巡の護衛だろうが、あの重巡は同じところを言ったり来たり、何をしておるのだ？」

立川潜水艦長は伊号第二〇一潜水艦で、ラバウルに向けて補給のための航行を続けていた。

今回も大漁であったが、魚雷は残り二本である。燃料の重油も相応に消費したので、補給する必要があったのだ。

シュノーケルのおかげで、ほぼ潜航したまま高速航行可能な伊号第二〇一潜水艦だが、かつての伊号潜水艦のように浮上しての航行よりは燃料消費は多かった。もともと目指すところが違うので、これは避けられないことではある。

「攻撃しますか」

先任将校である水雷長が尋ねる。

「重巡一隻なら魚雷二発で十分だろう」

「確かに」

「もっとも奴が何をするのか、気にはなるがな」

重巡を攻撃するのは難しくはない。というか容易《たやす》い。同じ場所を行ったり来たりしているのだから、これほど狙いやすい奴もない。

問題は、どうして奴が同じ場所を行ったり来たりしているかだ。

ラバウルの近海ではないにせよ、哨戒機が飛んでくればすぐに見つかるような場所でとどまり続けるというのは、何か重要な意味があるはずだ。

それも駆逐艦ではなく、重巡を投入している点は重要だろう。偵察か通信傍受なら駆逐艦でもできるのだ。対潜能力なら駆逐艦のほうが高いくらいだ。にもかかわらず、どうして重巡が投入されるのか？

「通信長、最近の通信文を持ってきてくれ！」

立川は通信長に艦隊司令部などからの報告や命令文の束を持ってこさせる。それらは立川もすでに目を通していたが、いま一度、確認するのだ。何か見落としがあるかもしれない。

「これか……」

ラバウルが砲撃され、ブナ地区が砲撃され、それが空母とわかった。立川が知らされた事実関係はこの程度だ。

最初にラバウルが砲撃された時も、早めに補給に戻った理由から途中で攻撃部隊と遭遇するかと思ったのだ。

しかし、その部隊は見つからないままニューギニアでも攻撃を行った。この段階で伊号第二〇一潜水艦が、この部隊を襲撃できる可能性は潰《つい》えていた。さすがに場所が遠すぎる。

だから砲撃がレキシントン級の空母と聞いても、なるほどと思う程度だ。他人事《ひとごと》というのは言い過ぎとしても、とりあえず自分たちにできることはない。

そこで、この巡洋艦だ。これは一連の攻撃とは無関係ではあるまい。

「航海長、我々の現在位置はどこだ?」

司令塔から発令所に降りた立川は、航海長の示す海図を確認する。

「ラバウルとニューギニアを結ぶ直線の近くに我々はいるわけか……なるほど」

「どうしました、潜艦長?」

「航海長、ラバウルからブナ地区を攻撃した空母部隊を襲撃するとしたら、どうする? 最短距離で向かうだろう」

「そうでしょうね」

「この直線上を航空隊が敵に向かうなら、ここにいる巡洋艦は電探によってそれを察知できるんじゃないか。

自分たちを攻撃しようとする航空隊の動向をい

ち早く察知できるなら、空母部隊は逃げることもできるし、それに対して迎撃態勢を整えられる。

　つまり、その気になれば罠を仕掛けられる。そのためにあの巡洋艦はあの場所にとどまっているわけだ」

「なるほど」

「ラバウルにこのことを報告してくれ。我々はあの巡洋艦を仕留める」

　伊号第二〇一潜水艦は、すぐ襲撃態勢にかかる。それは容易だった。敵の巡洋艦の乗員の技量は確かなのだろう。安定した航行を続け、危うい場面もない。つまり、未来位置は予測しやすい。

　駆逐艦も周囲を警戒しているが、どうもラバウルの航空隊こそ彼らの脅威であるらしく、巡洋艦も駆逐艦も対空火器はすべて、空を睨《にら》んでいる。

　だから、対潜警戒はおろそかだ。そもそも駆逐艦一隻ではできることなど知れている。

　伊号第二〇一潜水艦は完全に潜航して、巡洋艦の前方に位置する場所で雷撃準備にかかる。艦首発射管にすべての魚雷、つまりは二本の魚雷を装填する。あとは巡洋艦の接近を待つだけだ。

　聴音員が接近したことを報告すると、立川は短時間だけ潜望鏡を突き出し、すぐ海中に引き込む。敵の位置も場所も予想通りだ。

「放て！」

　立川が命じると、水雷長が発射を指揮する。

　二本の魚雷は相互干渉しないように二秒の時間差で放たれる。時計員が時間を計測する。計算では三〇秒以内に雷撃が成功するはずだ。

　果たして雷撃は成功した。立て続けに二本の魚雷が爆発する音。そして、それに伴い潜水艦全体に轟《どどろ》く大音響。

「火薬庫に誘爆でもしたのか」

　立川潜水艦長が司令塔に上がり潜望鏡を覗くと、重巡はよほど当たりどころが悪かったのか、二つに折れて完全に水没する直前だった。僚艦である駆逐艦も、なすすべもない。

「あれでは生存者がいないな」

　立川は潜望鏡の前で手を合わせて拝んだ。

3

　空母レキシントンのフレッチャー長官にとって、重巡アストリアの撃沈は青天の霹靂《へきれき》だった。

　攻撃は潜水艦により行われたらしい。それはまだいい。問題は、駆逐艦からの報告が　時間近く遅れたことだ。

　救難やら対潜攻撃を優先したためと言うが、おそらくは突然のことに動転し、報告を忘れていたのだろう。

　ともかくこの一時間の遅れにより、日本軍の動向はまったく読めなくなってしまった。

「敵軍は、まだ動いていないようです」

　数分後に情報参謀が報告する。

「司令部経由で問い合わせましたが、ラバウルに潜伏中の現地人スパイによれば、ラバウルの航空隊に目立った動きはありません。湾内には空母も在泊中とか」

「日本軍が動いていない？」

　情報参謀の報告は状況を整理するどころか、ますますわからなくさせた。

空母サラトガの活動は、日本軍にとって好機ではないか。じっさいに重巡洋艦アストリアが攻撃されたという事実こそ、日本軍が警戒している証しだろう。

なのに基地航空隊は動かない。空母部隊にも動きがないという。どうにも、にわかには信じがたい。

「この情報はいつの情報なのだ？」

「今朝の情報だそうです」

「今朝とは、何時だね？」

「さぁ、そこまでは……」

「もういい！」

フレッチャー長官は、情報参謀の中途半端な情報に腹を立てた。こんな情報ならないほうがいい。

ラバウルに今朝は空母がいたというのも、出港前なのか、それとも本当に動いていないのかで解釈は異なる。

母艦の移動が多少遅れても、航空機ならその遅れは十分取り戻せる。なにしろ標的とする米空母もまた船舶であり、飛行機よりは遅い。

ただブナ地区の情報が日本軍に届くのが遅れていた場合、彼らが間に合わないと判断する可能性もある。もっとも、いまはそんな自分に都合のいい想定でものを考えるべきではない。それもまた、彼にはわかっていた。

レーダー室から報告があったのは、まさにその時だった。

「数十機の航空機が南下しています！」

「すぐに攻撃隊を出せ！」

フレッチャー長官はそう命令したものの、当初の奇襲効果は期待できないこともわかっていた。

自分たちは横方向からアプローチすることになるから、レーダーが発見し、迎撃に出る形では、どうしても待ち伏せではなく追いすがることになる。

「だが、出さないわけにはいかんのだ」

4

戦爆連合の指揮官は、艦爆の編隊を通常より左右に広く展開させていた。伊号第二〇一潜水艦の報告から、巡洋艦が電探で自分たちを監視し、空母部隊に待ち伏せさせると考えられたからだ。

そのため指揮官は行程の半ばすぎからは、いつ敵襲があってもいいように警戒させた。それは、自分たちなら敵をどう攻撃するかを考えさせることでもあった。

座学でもこうしたことはやるのだが、いまは自分たちの命がかかっているから真剣味が違う。

「二時方向に敵機！」

右翼側の艦爆がそれを発見した。すぐに艦爆隊は防御火器の相互支援ができるように密集し、戦闘機隊はＦ４Ｆ戦闘機に向かう。

指揮官も、最初はそれが罠の可能性も考えたが、敵機が十数機いたことで罠という可能性は否定された。空母一隻にどれだけの戦闘機が搭載されているというのか？

零戦隊から見たＦ４Ｆ戦闘機隊の動きは、明らかに統制が取れていなかった。準備不足のまま出撃したという感じだ。

伊号第二〇一潜水艦からは、敵巡洋艦は電探で航空隊を監視していた可能性があるとの報告があったが、どうやらそれは間違っていなかったらしい。

おそらく待ち伏せるつもりで待機していて、慌てて出撃することを余儀なくされたのだろう。戦闘機隊は編隊を組み終えてもいなかった。

しかし、それは致命的だった。零戦隊はまず編隊を組み終えていないＦ４Ｆ戦闘機を各個撃破していく。

二機の零戦でＦ４Ｆ戦闘機一機を撃墜するのは、さほど難しい話ではなかった。

そうしてＦ４Ｆ戦闘機が一機撃墜されるごとに、彼我の戦力比は急激に広がっていく。Ｆ４Ｆ戦闘機隊は艦爆を攻撃するよりも、まず我が身を守らねばならなかった。

結果的にＦ４Ｆ戦闘機隊は撤退したが、このことは戦爆連合の指揮官に迷いを生じさせた。

どう見てもＦ４Ｆ戦闘機隊が撤退したのは、ブナ地区にいるという空母の方向ではない。

もちろん、敵戦闘機隊が自分たちを案内するように空母へ直進するとも思えない。あるいは、敵は向こうにいるのか、それとも空母は二隻いるのか。

だが指揮官は、やはり当初の方針を堅持することにする。命令はブナ地区の空母なのだから、それにしたがうだけのことだ。

それに、空母は葛城のほかに瑞鶴もある。二隻目の米空母が現れたとしても十分対応できるだろう。

空母葛城の戦爆連合は再び元のコースに戻り、敵空母を探す。しかし、それは意外に難しかった。ブナ地区の戦闘機は空母との接触は維持できなかった。一機であるし、航続力にも限度がある。燃料も消費してしまった。そして、途中で空戦も演じている。

敵空母に移動する時間的余裕を与えてしまったことで、戦爆連合は捜索から始めることとなった。そこに再び、Ｆ４Ｆ戦闘機隊からの襲撃を彼らは受けた。

「我、敵戦闘機隊と交戦中、敵空母は二隻と思われる！」

戦爆連合の指揮官は、そう報告した。これが同一の空母からのものであるとしたら、時間も方位も不自然すぎる。二隻が展開しているとしか思えない。

このことは艦隊司令部にとっては重要情報であるだけだろうが、現場の将兵には過酷な現実だった。

零戦隊は果敢にＦ４Ｆ戦闘機隊に向かっていったが、すでに先の戦闘で二〇ミリ機銃弾の残弾は恐ろしいまでに減っていた。

ベテランの中には七・七ミリ機銃のほうが弾の直進性は二〇ミリに勝ると言う者もいたが、命中時の威力では二〇ミリが勝っている。

じっさい零戦の戦果は、先ほどの戦闘に比べて明らかに落ちていた。さらに、すでに一度の空戦を行っているため燃料にも余裕がない。

艦爆を空母まで護衛しなければならないのに、ここで帰還するわけにはいかないのだ。

零戦隊の戦闘は、どうしても及び腰となった。この状況で戦闘の駆け引きができるほど、彼らも戦闘経験は積んでいない。

空母航空隊の搭乗員となれるだけの技量は会得するだけでも容易なことではない。しかし、それでも実戦での駆け引きは座学では学べない。

むろん、敵のＦ４Ｆ戦闘機が駆け引きに長けているわけでもなかったが、条件が悪い場面で駆け引きができない点は痛い。

皮肉にもＦ４Ｆ戦闘機に撃墜される零戦はなかったのに対して、二機の艦爆が撃墜されていた。戦闘機隊はなんとかそれ以上の損失は防いでいたが、空戦の余裕は急激に失われていった。

そうしたなかで空母の姿が見えた。

「レキシントン級空母だ！」

5

日本軍機が鎧袖一触《がいしゅういっしょく》で撃退されないことに、空母サラトガのラムゼー艦長は驚きを隠せないでいた。

空母レキシントンの迎撃部隊と合わせて、二度の空戦を経ているはずで、相応の損失を負っていなければおかしい。

にもかかわらず、敵部隊はそれなりの戦力を維持している。というか、レーダー室の報告を信じるなら、ほとんど数が減っていない。

つまり、攻撃機はほぼそのままではないか！

すぐにラムゼー艦長は迎撃機の増援を出させるが、それが戦闘に参加するのは空母の周辺、もはややレーダーなど近すぎて使えないほどの近距離であった。

日本軍戦闘機隊は友軍戦闘機を押さえていたが、それにはさすがに限度があった。ラムゼー艦長から見れば、日本軍機がここまで接近することが、まずあり得ないことだ。

じじつラムゼー艦長のいるアイランドから、日本軍戦闘機が撃墜される光景が見えた。ただ、F4F戦闘機もまた同様に撃墜される。

「我々のボーイズは何をしているのか！」

ラムゼー艦長がそう憤《いきどお》るのは、F4F戦闘機隊が零戦ばかりを相手にし、肝心の攻撃機に向かっていないからだ。

だが彼は、すぐにその違和感の理由に気がついた。攻撃機に迫るF4F戦闘機に零戦が飛び込んでいるのだ。

しかし、飛び込んだ日本軍機は、ほとんどがすぐに銃弾を撃ち尽くし、撃墜されてしまう。

ラムゼー艦長は、その事実に唖然とした。それは、友軍機を前進させるために戦えない戦闘機が盾になっているようではないか！

それはあるいは、彼らの視点では同胞愛なのかもしれない。しかし、攻撃される側にとってみれば、そこまでして自分たちを攻撃しようとする執念の発露でもある。

その執念に、彼は軽い恐怖を覚えた。戦闘であるからには、自分たちを沈めるのが彼らの目的なのは十分わかる。しかし、そのため逃げずに敵機の銃口の前に飛び込むだろうか？

攻撃機の側にも、戦闘機隊の動きが痛いほど伝わったのだろう。それは当然だ、彼らは自分たちのために撃墜されたのだから。

そのため敵の攻撃隊は、ラムゼー艦長の目から見ても鬼気迫る攻撃を仕掛けてきた。

あとから冷静になってから考えれば、あの強引さがむしろ彼らの寿命を縮める結果となっただろう。

しかし、攻撃を受けていた時の彼は、それが当然の行為に思えた。攻守の立場は違えど、その時はそれが自然に思えたのだ。

その思いは、単にラムゼー艦長だけのものではなかっただろう。なぜなら、空母サラトガの対空火器もまた、天も裂けよとばかりの猛砲撃を行っていたからだ。

その時の敵の攻撃機は、急降下爆撃の照準を定めるため曳光弾の中に飛び込んでいるような感じさえあった。

エンジンが吹き飛び、主翼がもぎ取られる機体が続出した。それでも爆撃機は次々と空母へと飛び込んでくる。

そして、ついに一機の爆撃機が爆弾を投下し、それは空母サラトガの飛行甲板で爆発した。

飛行甲板に爆弾が命中した時、空母と航空隊を支配していた呪縛のような狂騒的な空間は消えた。少なくともラムゼーには、そう思えた。

それは攻守ともに同じであっただろう。対空火器は作動していたが、先ほどまでの取り憑かれたような激しさはない。

そして、敵戦爆連合は一発の爆弾が命中したことで撤退した。戦力はおそらく半減していただろう。

　気がつけば、飛行甲板は黒煙に覆われていた。あるいは、敵はこれにより攻撃が成功したと判断したのか。もっとも、敵も馬鹿ではないから、爆弾一発で沈むほど空母が脆弱ではないことくらいは理解しているだろう。

　ただラムゼーが思うに、日本側にも戦う余力がなかったのだろう。攻撃機にしてもたぶん半数は失ったのではないか？

　ほどなくダメージコントロール担当の将校より損害状況の報告が入る。

「火災は鎮火しました。ただ航空機の離発着可能までには、あと数時間かかります」

「数時間とは具体的には？」

「最大で三時間半です」

「三時間にしてくれ。敵がいつ来るかわからん！」

　この状況でレキシントンのフレッチャー長官からの命令はほとんどなかった。

　自分たちの存在を気取られたためか、可能な限り不要な通信は行わないらしい。レーダーは使っているのだろうが、それとこれは別なのだろう。

　とりあえずサラトガに対しては、安全な海域に退避せよという命令が出ていたが、それくらいのことは言われなくてもしている。

「攻撃機は飛べなくていい。戦闘機を迎撃に出せる状態にしてくれ。急いでだ！」

　ラムゼー艦長は、ダメージコントロール担当の将校に電話を入れた。そうしながら、今後の展開について考えていた。

敵の空母部隊は自分たちが大打撃を与えた。だから第二次攻撃隊は、すぐには現れないだろう。しばらくは時間を稼げる。

問題は、日本軍の空母が二隻であることだ。もう一隻の航空隊がサラトガを襲撃してくる可能性は少なからずある。

ただ合同で攻撃できなかったのは、自分たち同様、互いに距離が開いていたためだろう。それはラムゼー艦長には、まさに幸運に思われた。

一対一の空母戦だから自分たちは敵を排除できたものの、二対一では沈められていたかもしれないのだ。

一方で、自分たちのサラトガとレキシントンの邂逅《かいこう》ができていたならば、敵空母の一隻は確実に仕留められていたに違いない。現時点では互いに痛み分けだが、航空戦ができなくなる夜までには、まだ時間がある。

「サラトガと、いま戦った日本空母。この二隻が守勢を強いられるなら、残り一隻同士の戦いになるのか」

それはラムゼー艦長にもわからない。

6

第五航空戦隊の原司令官は、空母葛城の航空隊の増援部隊をあと少しで出発させるところだった。第二波の戦爆連合で敵空母は確実に仕留められる。

ところが、葛城の戦爆連合から敵戦闘機と交戦中との報告が入った。

「敵空母はブナの南方ではなかったのか」

ともかく増援部隊三六機の出撃は、この報告で中断となる。敵の所在に重大な疑念が出てきたからは、おいそれとは出撃できない。

「伊二〇一潜が敵重巡を攻撃したため、敵は電探での部隊発見が遅れた。もしあの幸運がなかったら、葛城隊は待ち伏せされ、全滅していたかもしれない。

だが重巡は沈められ、敵空母の待ち伏せは不徹底であり、敵は撃退された。そう考えると、この近辺に敵空母がいることになるが……」

空母二隻は予想されていたので、驚くようなことではない。驚くべきはそれらが予想以上に離れており、別々に活動していた点だ。

もっとも、それは自分たちも同様であり、偶発的な空母戦が四隻の空母による乱戦を生んだとも言える。

ただ、伊号第二〇一潜水艦の巡洋艦攻撃のことを考えるなら、総じてこちらへの攻撃シナリオを用意していた敵にいささか分がある。

「葛城から索敵機を出させろ」

原司令官は決断した。

「葛城に、この無傷の米空母を捜索させせよ」

「しかし司令官、ブナの空母は爆弾を受けています。ここで、あとひと押しすれば撃沈できるのでは？」

「発見できれば、そうだろう。しかし、爆弾を受けた状態でいつまでも同じ場所にとどまるとは思えん。いまから攻撃しようとしても逃げられる可能性が高い。

しかし、こちらの空母は我々に近い距離にいる。反転すれば、葛城からも瑞鶴からも攻撃できる。仕留める可能性は、こちらのほうがずっと高い。そいつを仕留めてしまえば、ブナの空母はもっと腰を据えて追撃できる。

なによりブナの空母は、しばらく航空隊を発艦できまい。いまこの瞬間、空母戦力は二対一だ！」

7

「さて、敵はどう出てくる……」

空母レキシントンのフレッチャー長官は、予想外の展開にどう動くべきか考えていた。

二隻の空母で敵空母を各個撃破する。それは作戦として危険な面はあったものの、妥当なものと思われた。分断して攻撃する。常識的な作戦だ。

だが日本軍もまた、どうやら同様の作戦を立案していたらしい。結果的に、戦場は混沌とした状況に四隻の空母が互いの現在位置を知らないまま、敵がいることだけを知っている。

このなかでサラトガは防御だけが可能である。敵空母の一隻も戦力を消耗し、おそらくは再攻撃を行う余力はあるまい。

となれば、無傷の日米空母一隻ずつがどう動くかで状況は変わる。そして、状況はイニシアチブを握ったものに勝利の女神は微笑むはず。

それでも、フレッチャー長官には迷いがある。戦うか退くか。そう簡単に判断できる問題ではない。

現時点で沈められた空母はなく、実質的に無傷と言っていい。だから日本軍空母に奇襲をかける余地は、まだある。

一方で、同じことは日本軍空母にも言える。仮に彼らの奇襲を許してしまえば、自分たちが厳しい状況に陥ることになる。

そしていま、同等の葛藤を日本軍指揮官も抱いていることだろう。

ただ、その指揮官と自分は違う。真珠湾の勝者の側と敗者の側では、空母一隻の重要性は同じではない。

フレッチャー長官は攻撃を選択した。

次回の作戦で、いまより状況がよくなるという保証はない。むしろ次の展開を考えればこそ、いまここで冒険をする必要があるのではないか？

つまりは、日本軍空母を攻撃するしかないということだが、敵空母の所在は明らかになっていない。ただし、策がないわけではない。

「敵部隊は二度の空戦で大打撃を受けている。その敵航空隊のルートは、レキシントンとサラトガのレーダーのデータによりわかっている。敵部隊が攻撃をかけてきたタイミングから敵空母の位置は絞り込める。

その空母は航空隊に大打撃を受けており、反撃能力はないだろう。だから、この空母にレキシントンから奇襲をかけるなら、それを撃破するのは可能なはずだ」

8

空母葛城の艦載機は艦戦、艦爆ともに二四機の攻撃隊の半数が未帰還機となり、帰還したのは艦戦六機、艦爆六機の一二機に過ぎなかった。

　全体の機数が六三機であるから、現状の戦力は艦戦一五、艦爆一五、艦攻二一の総計五一機であった。

　脇坂艦長にとって、初陣のこの損失は決して軽視できないものだった。技量不足で失われたのであれば、まだ諦めもつく。戦場とはまさにそうした場所なのだ。

　だが帰還した部隊の話によれば、大打撃を被《こうむ》ったのは技量不足というよりも、むしろ技量が高いせいであった。

　技量が高いからこそ、二度の空戦を耐え抜き、一発といえども爆弾を敵空母に命中させることができたのだ。ただその二度の空戦により、戦闘機隊は銃弾も燃料も失い、敵空母を前にして最後のひと押しができなかった。

　つまり、最初の待ち伏せ攻撃さえなければ、ブナ地区を砲撃した敵空母は、自分たちの手で撃沈できたかもしれない。

　それだけに未帰還機一二機という数字は、脇坂艦長には実数以上に大きな損失に思われてしまうのだ。

　ただそれはそれとして、空母葛城はここで進むか退くかを考えねばならない。実際にそれを決するのは原司令官であるが、彼に対して意見は言える。

　問題は、意見を言う主体である脇坂の側に迷いがあることだ。六三から五一というのは、まだまだ戦う余力があるように見える。じっさい戦えるだけの戦力があることは間違いない。

間違いないが、それを実戦に投入するのが望ましいかどうかは、また別の話だ。次の戦いは、明らかにいま以上の激闘となるだろう。

負ければもちろん、その激闘に勝ったとしても、航空隊は尋常ではない損失を被るだろう。その場合、空母葛城は乗員不足から戦列を離れることになる。事実上、沈められたのと同じである。

戦うということは動かない。しかし脇坂には、やはりそれに対する躊躇《ちゅうちょ》もまた強かったのである。

脇坂艦長の葛藤は意外な形で終息する。原司令官より敵空母索敵の命令が出たからだ。

「瑞鶴も戦うわけか」

脇坂には、それはいささか意外であった。なぜならここまでの戦闘で、空母瑞鶴の存在感はきわめて薄いものだったからだ。

じつを言えば脇坂艦長は、原司令官は戦うつもりなどなく、自分たちの攻撃計画に反対するのではないかとさえ考えていたほどだ。

ただそれでも、索敵を葛城にさせるというのは正直、面白くはない。結局、危険な場面に投入されるのは自分たちであり、瑞鶴はその陰から敵を攻撃することになる。

脇坂は原を直接は知らなかったが、どうも自分から危険に飛び込むような人ではなさそうだ。

指揮官だからそれでいいのかもしれないが、その下で働くものは否応なく貧乏くじを引くことになる。

しかし、命令は命令である。脇坂は艦攻部隊を八機出撃させた。

脇坂艦長は原司令官の采配に違和感を覚えていたが、じっさいに索敵にあたる艦攻の搭乗員たちは違っていた。

特に最初の攻撃で、艦攻部隊が参戦できなかったことは、友軍が大打撃を被ったとはいえ、彼らも焦りのようなものを覚えずにはいられなかったのだ。

艦戦艦爆がそれほどの激闘を経験しながら、自分たちは蚊帳《かや》の外だったためだ。

艦攻の三人は、それぞれ真剣な表情で海面を見ていた。どこに空母の痕跡があるかわからないからだ。

そして、敵空母の痕跡は見当たらなかったものの、その存在は迎撃機の登場で確認された。

「F4F戦闘機二機、接近中！」

機長が報告し、後部席では対空機銃の準備がなされる。ただし機長は、F4F戦闘機と真正面から戦うつもりはない。

戦闘機と正面から戦って、攻撃機が勝てるわけもない。そもそも戦闘機の存在理由はそこにある。

艦攻の機長は勇敢な人間ではあったが、馬鹿ではない。彼は敵機との間合いを計ると、そのまま近くの雲の中に飛び込む。

飛び込んで、艦攻は雲の中の乱流に翻弄されながらも、ひたすら上を目指した。

F4F戦闘機は自分たちを雲の中まで追撃して来なかったが、雲の切れ目で待ち伏せることは容易に推測がつく。

そこで、高度を稼いで敵をやり過ごすのだ。機長は操縦桿を握りながら、雲に飛び込んだ時点で、雲と雲の間をどう移動するかのシナリオを立てていた。

だから、雲の中を計器だけで飛行しても迷いはない。彼の目的は一つ。敵空母の発見だ。

Ｆ４Ｆ戦闘機により艦攻は撃墜されはしなかったが、振り切ることもできなかった。

どうやら空母の電探が自分たちを追跡し、それをＦ４Ｆ戦闘機に知らせているらしいのだが、雲の中を飛行していることと、電探での掌握と無線通信に時間がかかるためか、かえって待ち伏せを失敗させているようだ。艦攻にとってはありがたい状況だ。

そして、ついに艦攻は肉眼でレキシントン級空母を発見する。


「我、敵空母を発見せり！」

艦攻の任務は、これで完了したも同然だ。

機長はすぐに葛城へと戻る。今度は自分たちがこの空母に爆撃を仕掛ける番だと思うからだ。

空母の姿を確認し、Ｆ４Ｆ戦闘機が現れるまでに再び雲の中に飛び込む。その艦攻をＦ４Ｆ戦闘機も追撃しない。日本軍攻撃隊に備える必要があるからだろう。


葛城の艦攻の報告を受けて、空母瑞鶴からは三六機の戦爆連合が出撃した。艦戦、艦爆、艦攻がそれぞれ一二機で、艦攻の半数が雷装していた。

原司令官は、空母葛城にも攻撃隊の編成を命じていた。二四機の攻撃隊を編成し、第二陣として参加するわけだ。

原司令官としては第一陣で片がつくと思っていたが、念のために二次攻撃隊も編成したのである。それが瑞鶴ではなく葛城なのは、原司令官なりに葛城にも、より多くの実戦経験を積ませたいとの思いがあった。

　ひとつ彼が読めないのは、敵の迎撃戦闘力であり、第二陣がどうしても必要になる事態も完全に否定しきれなかったのだ。

　こうして出撃した瑞鶴の航空隊三六機は、やはり迎撃戦闘機の洗礼を受けた。

「敵戦闘機隊と交戦！　その数二〇機以上！」

　レキシントン級の大きさを考えれば、戦闘機の総勢で挑めばそれくらいの規模になっても不思議はない。

　すでに瑞鶴の戦爆連合は電探の有効範囲を離れているので、それらの迎撃機については自力で発見するしかなかった。

　すぐに零戦隊がＦ４Ｆ戦闘機隊に向かって飛び込んでいく。数ではＦ４Ｆ戦闘機隊が優位ではあるが、戦闘機としての性能では優っていた。

　なにより瑞鶴の搭乗員は実戦経験で勝っている。一二機の零戦隊は迎撃戦闘機を圧倒した。

「こいつら戦う気がないのか」

　戦闘機隊の隊長はＦ４Ｆ戦闘機隊の動きに、空戦を重ねるなかで違和感を覚えていた。敵機が思ったほど撃墜されないのだ。

　最初は、数では敵が多いことと敵も腕をあげたためかと考えた。しかし、そうではない。Ｆ４Ｆ戦闘機隊は自分たちと戦うようで戦っていない。

　逃げているわけではないが、敢闘精神のようなものがまったく感じられないのだ。その理由の一つが、燃料を気にしているようにも見えた。

戦い方に、どうも機動性を殺しているような動きが目につくからだ。

そして、Ｆ４Ｆ戦闘機隊はほとんど損失を出さないまま、撤退して行った。それは空母の方向とは違っていたが、敵味方が乱戦状態では帰還しないだろうし、対空火器のことを考えれば、方向を変えることはあり得る。

この戦闘とも言えぬ戦闘により零戦隊と艦攻、艦爆隊との間はかなり広がってしまった。ただそれは大きな問題とは考えられなかった。敵戦闘機は追い払ったし、零戦隊がこの場の制空権は確保した。

だが、それは甘かった。前方の攻撃機が突然、火を吹いたと思ったら、煙を曳いて撃墜された。

「敵機来襲！」

艦爆隊や艦攻隊にそんな無線電話が飛び交う。

そこで戦闘機隊には、先ほどのＦ４Ｆ戦闘機隊のやる気の感じられない空戦のわけがわかった。

あの戦闘機隊は本隊ではない。陽動部隊であり、戦爆連合から戦闘機隊を切り離すことが役目だったのだ。しかし、二〇機の戦闘機を陽動部隊に出すというのか？

「二隻目の空母か！」

爆撃を受けた空母は、確かに現場から退避はしたのだろうが、航空隊がもう一隻を支援できる程度には接近していたらしい。

あるいは、電探で自分たちを察知しての出撃なら、予想以上に接近しているのかもしれない。

ただF4F戦闘機が二〇機というのが、被弾した空母の出せる戦力のすべてだったのだろう。

状況はわかったとしても、戦爆連合には危機的な状況だ。

戦闘機隊が分離されている間に艦爆隊や艦攻隊は一方的に攻撃を受け、早くも四、五機が撃墜されている。なによりも乱戦になり、編隊が大きく乱れている。

そのため防御も互いに火力支援できる状況ではなく、その効果は著しく下がっていた。艦爆と艦攻の犠牲は空母を前に急増していた。

それでも損傷機の多くが、エンジンから火を吹きながらも空母へと直進する。それは、この状況では助からないという覚悟の前進でもあった。

これはF4F戦闘機にとって非常に厄介であった。通常なら、攻撃機は戦線離脱させてしまえば、それでいい。艦なり艦隊なりを守るのが目的だから。むろん撃墜が望ましいが、損傷して戦域から消えてくれれば話は早い。

しかし、まったく戦線離脱するつもりのない攻撃機は、撃墜してしまわねば艦の安全が確保できない。そして、攻撃機を完全に撃墜するというのは、追い払うよりもずっと難しいのである。

つまり、F4F戦闘機隊は傷ついて追い払ったはずの攻撃機に対して、再攻撃をかけねばならなかった。

じじつ最初に追い払ったはずの艦爆は、大きく迂回して空母レキシントンに急降下爆撃を仕掛けてきた。

それに気がついた機銃手が、すぐ艦爆に猛攻を加えたため、艦爆の照準もわずかにずれ、爆弾は舷側近くの海面に弾着、水柱を上げた。

爆弾は空母に損傷を及ぼしはしなかったが、あと数メートルずれていれば、飛行甲板を直撃していた。

このことが、手負いの攻撃機が無視できないことをF4F戦闘機隊に教えたのである。すぐにF4F戦闘機隊は手負いの攻撃機に照準を切り替えた。

じっさい日本軍機は狡猾《こうかつ》なのか、戦闘能力を失ったかのように振る舞いながら、空母への射点に移動する雷撃機や、単独で防御火器の隙間を狙う艦爆が何機か存在していた。

もっともそれらのいずれもが黒煙を曳き、エンジンから火災を起こしているような機体であり、戦闘力がないように振る舞っていると単純には言えないような状況だった。

むしろ彼らを称するならば、散り場所を探しているのかもしれない。

いくつかの攻撃機は、F4F戦闘機が攻撃する前に海面に接触して分解したり、機体の限界で海面に激突したりした。

だが、F4F戦闘機が再び攻撃しなければならない機体も少なくなく、それらの多くが後部の七・七ミリ機銃で反撃を仕掛けてきた。一機だけだが、この反撃で撃墜されたF4F戦闘機さえあった。

そうしてF4F戦闘機隊の圧力が弱まるなかで、無傷の攻撃機が空母レキシントンに接近していく。

ただ、そうした攻撃機の接近も容易ではなかった。空母の対空火器が思った以上に強力だったからだ。これは米軍側が日本空母部隊の活躍に、対空火器を強化したことが大きい。

それでも三機一組の艦爆隊が、空母上空に到達した。損傷は少ないが無傷ではない。むしろ満身創痍だろう。銃弾や砲弾の破片は数えきれないほど機体に孔をあけている。

だが、機体は安定して飛んでいた。搭乗員たちは、自分たちには弾は当たらないという根拠のない信念を強くしていた。機体はボロボロだが、全員無傷でエンジンも快調だ。

そうして先頭機である艦爆の隊長は、爆撃のタイミングを計る。後部席では航法員が照準器をのぞき、諸元を機長に伝える。

「いま！」

その声に機長はレバーを引くが、反応がない。安全装置は外してある。すぐに投下できるようになっているのだ。

機長は焦った。いまさらやり直しなどできない。どうやら投下機に破片か何かが挟まったらしい。

それでも何度か動かして爆弾は投下された。それは機長にとっては信じられないほど長い時間ではあったが、客観的には数秒のことだ。

だが、その数秒の違いが致命的だった。隊長機の投弾に残りの二機も爆弾を投下する。

しかし、タイミングを計っている隊長機の投下タイミングの遅れは、そのまま三機全体のタイミングのズレでもあった。

タイミングが遅れなければ、三発の爆弾が飛行甲板に命中しただろう。しかし、数秒のズレにより爆弾はすべて海面に激突してしまう。

三本の水柱が昇り、それらはアイランドから飛行甲板を洗ったが、流された飛行機が一機あっただけで、それ以上の損害らしい損害はなかった。

一方、艦攻もまた空母への接近を試みていた。その時に接近を試みた艦攻は一機だけで、雷装していた。すでに水平爆撃隊は失敗しており、雷撃機で無傷なのはその一機だけだった。

艦爆隊の攻撃と失敗は、空母レキシントンの対空火器をある意味で覚醒させた。接近する艦攻は、彼らにとってもっとも危険な敵機であった。

しかも、大半の攻撃機は撃墜されるか攻撃に失敗しているため、彼らの存在は目立った。つまり、艦攻は好機を待ち過ぎたため、かえって危険な状況に自分たちを置いてしまっていたのだ。

結果として彼らは雷撃を行ったが、それは失敗し、艦攻もまた撃墜されてしまった。

9

日本軍の戦爆連合は撤退し、空母レキシントンは戦闘機の収容作業に入った。ほとんどのＦ４Ｆ戦闘機は燃料が危険な状態であり、収容を急ぐ必要があった。

敵機を多数撃破したとはいえ、フレッチャー長官にとって、ここまでの戦闘は満足できるものではない。

空母レキシントンを守りきったのは見事だと思うものの、空母を守るのは作戦の大前提だ。

空母を失わないからよしとするわけにはいかな

い。敵空母を仕留めてこそ、戦果と言えるのだ。

「急ぎ、攻撃準備にかかれ！　いまなら敵空母部隊は戦力を失い、我々の攻撃を防ぎきれまい！」

フレッチャー長官がそう命じた時、空母葛城の攻撃隊が現れた。


投下レバーのタイミングのズレから水柱を立てるだけに終わった三機の艦爆。しかし、彼らの戦果はまったく無駄というわけではなかった。

水柱が崩れて、アイランドや飛行甲板を洗った時、その海水はレーダーのアンテナに損傷をもたらしていた。これが厄介なのは、完全破壊には至らない程度の機能低下であったことだ。

つまりレーダー手にも、実質的に自分たちのレーダーが機能していないことがわかっていなかったのである。

だから、葛城の攻撃隊が接近していることに彼らはまったく気がつかず、フレッチャー長官も安心して戦闘機を収容できたのだ。

したがって、葛城の戦爆連合二四機が現れた時、それを阻止する戦力はまったく存在しなかった。

この時の編制は雷撃三、艦爆九、艦戦一二というものであった。出せる戦力から抽出したので、編制は必ずしも合理的ではない。

この時、空母レキシントンの上空には戦闘機がないため、攻撃機は易々と空母に接近できた。対空火器は激しく応戦するも、一会戦終わったばかりで、いまひとつ威力に欠けた。

そこに艦爆が爆弾を投下する。

ここで空母レキシントンの転舵がようやく利い

てきた。艦爆はつるべ落ちしに爆弾を投下するも、命中爆弾は一発に終わった。

ただ、Ｆ４Ｆ戦闘機隊に給油中ということもあって、飛行甲板は確かに火の海になった。

じっさい艦爆隊は、命中爆弾がただ一発とは思わず、火災の様子から少なくとも三発は命中したと考えた。

そのため艦爆隊は、すぐ撤収に入った。雷撃隊も攻撃を仕掛けるも、転舵のタイミングがかちあったため命中魚雷は出なかった。

こうして瑞鶴の戦爆連合が失敗した空母レキシントンの攻撃は、葛城隊が成功させた。

結果的に、空母レキシントンとサラトガに爆弾を命中させたのは、瑞鶴ではなく葛城だった。

空母部隊はこれにより経験を積んだのではあるが、大きなミスも犯していた。それは戦果確認であった。そして、この戦闘に関して言えば致命的なミスとなった。

葛城の戦爆連合は、「レキシントン級空母撃沈確実」とだけ報告した。何によって、何が起きたのか。そうした情報が欠落していたのだ。

そのため原司令官は、瑞鶴からの第二次攻撃隊の編成を中止した。

問題の空母が撃沈したなら、それでいい。もう一隻の空母は明日の索敵となるだろう。

ところが瑞鶴の搭乗員たちからは、自分たちが一指も触れることさえできなかった空母を、葛城隊が撃沈したという話に疑問の声が続出した。

戦いのキャリアが違うのに、どうしてポッと出の葛城隊が撃沈できるのか？

これに対しては、ラバウルから飛行艇が戦果確認に赴くことになる。

そして戦場となった海域には、墜落した機体の残骸がいくつか見えるものの、空母が沈没した痕跡はないという報告がなされる。

もし本当に空母が沈められたら救難の艦艇くらいいるであろうに、それさえもないというのだ。

結論として、葛城隊は小破した程度とされたが、もはや米空母二隻を発見するすべはない。

のちに珊瑚海海戦と呼ばれることになる海戦は、このように中途半端なもので終わった。

第4章　二大戦艦

1

珊瑚海海戦で、日本側は空母二隻こそ無傷だったが、航空隊には手痛い打撃を被っていた。

一方の米空母部隊は、航空隊の損失は良くも悪くも戦闘機隊のみであったが、空母レキシントンとサラトガはともに被弾したため、撤退を余儀なくされた。

つまり、日米ともに決定打を出せないまま、互いに消耗して終わっただけの海戦であった。

ただ、それで何も変わらないというのも間違いである。珊瑚海周辺というよりニューギニアからソロモン諸島の領域で、空母戦力が消えた。空母の真空地帯が生じたのであった。

そうしたなかで連合艦隊司令部は、これを奇禍として新たな作戦を立案した。

「敵空母部隊のいないいまこそ、ポートモレスビー攻略のまたとない機会である！」

連合艦隊司令部の中で、そうした意見が提出され、採用されたのである。

冷静に考えるなら、珊瑚海海戦の前にも米空母部隊は進出しておらず、作戦実行の機会はあった。しかし、その事実を指摘する者はいなかった。

空母戦の後で状況は変わった。なんとなくそんな理屈が通用したのである。

強いて言えば、空母戦でも決着がつかない状況で、ポートモレスビーをこれ以上は放置できないと、ついに連合艦隊司令部が腹をくくったとも言える。

ただ、一度動き出すと連合艦隊は迅速だった。戦艦大和と戦艦武蔵の二隻を中核とする第一戦隊が、ラバウルに入港してきたのだ。

2

すでに空母瑞鶴は日本に戻っていたが、脇坂大佐の空母葛城はラバウルに残っていた。正直、空母葛城はまだ戦える状態にはない。攻撃機も戦闘機もかなりの損失を被っているためだ。

じっさい瑞鶴が戻った時、部隊再編のために葛城の艦攻艦爆の搭乗員も移動していった。そのかわり瑞鶴の戦闘機隊が空母葛城の戦闘機搭乗員とともに再編されていた。

攻撃機は艦爆で二名、艦攻で三名だが、艦戦は一名。だから部隊再編を行ったら、補充も含めて戦闘機の数は三〇機を確保できたが、搭乗員は三〇名しかいないため、妙に空白が目立っていた。

この状態で作戦に参加するのは、戦艦大和と武蔵の直掩にあたるためだ。

航空機により戦艦も安全ではないからこそ、完璧な上空警護が必要というわけだ。逆に、それならば攻撃機はいらず戦闘機だけあればいい。瑞鶴が日本に戻るなら、消去法で葛城が残るという理屈である。

　二大戦艦による攻撃目標は、本丸でもあるポートモレスビーだ。ここの制空権を維持しながら戦艦が進出し、徹底した砲撃を加える。

　ただ、ポートモレスビーは連合国軍の航空要塞であり、三〇機ばかりの零戦で制空権を確保するというのも無理がある。

　それは連合艦隊司令部も承知しており、彼らもしかるべき手配はしている。実際のところ、大和と武蔵を守る主戦力は空母葛城ではない。

　すでに建設中のブナ地区の航空基地が完成したことにより、まずそこからポートモレスビーに対して牽制のための攻撃を仕掛ける。つまり、彼らの注意を引きつけるのだ。

　それと同時に、ブナ地区の内陸部には電探基地も設置しているので、ポートモレスビーからの航空隊は早期に動きを察知できる。

　だから空母葛城の電探が敵を察知する前に、ブナ地区の電探がそれを探知できるので、空母葛城の側も余裕をもって備えられる。

　ただ、これでわかるように空母葛城は徹頭徹尾、受け身である。脇坂艦長としては現状と作戦主旨から言えば、役割分担はわからないではないが、「それでも」という思いはある。

　作戦に不満というよりも、葛城の扱いへの不満となるだろうか。つまり、本来なら自分たちも瑞鶴とともに日本に戻し、航空隊の再編を行うべきなのだ。

　それを必要なこととは言え、戦闘機だけ載せて戦艦の護衛というのは戦力の無駄にすぎないか。

脇坂の感じている違和感は、自分たちの処遇への不満ではなく、もっと俯瞰《ふかん》した海軍戦力の話だ。戦闘機だけ載せての戦艦の護衛なら、鳳翔とか龍驤のような小型空母でも十分だ。ほぼ蒼龍並みの性能を持つ葛城に対して、そうした使い方をするというのは明らかに無駄遣いだろう。

そして、いまの日本海軍にそんな無駄遣いが許される余裕があるとは、脇坂には思えないのだ。

脇坂はこの考えを篠田飛行長にだけ話してみた。さすがに作戦前に艦長が部下たちの前で作戦への不満を述べるわけにはいかないからだ。

ただ、実際に飛行科を統括する篠田に対しては、互いの意見を確認する必要があると思ったわけである。

脇坂の話を聞いた篠田の意見は、艦長として意外なものだった。

「確かに葛城の能力を出し切った作戦かと言えば、決してそうは言えないでしょう。ただ、葛城の投入は必ずしも戦力の無駄遣いとは言えないと思います」

「それはなぜだ？」

「一つには鳳翔や龍驤は内地にて、搭乗員の訓練に用いられているためです。正直、今日の航空戦であの二隻を空母戦力として作戦に組み込むのは無理があります。

それは、あの二隻が欠陥品というようなことではなく、海軍航空の進歩がそれだけ目覚ましいということです。

鳳翔や龍驤は人員育成という観点では、最適の空母でしょう。搭乗員なしで空母戦力は語れません。しかし、艦隊正面の空母は人員育成に投入できない。

そうしたことを考えるなら、葛城の作戦投入は最適解ではないとしても、次善の解ではあり、戦力の無駄にはならないでしょう。

あのまま瑞鶴とともに戻れば、当面は練習空母として葛城は運用されたでしょう。ほかに使いようがありません。竣工したばかりですから整備の必要性も薄い。戦力化という点では現状は、まだましですよ」

「まだましか……」

鳳翔や龍驤が練習空母として用いられていると は知らなかった。しかし、人員の養成やらなにやらを考えるなら、手に入らない最善を求めるより、手に入る次善。それが大事なことなのかもしれないと脇坂は思った。

3

ブナ地区の陸海軍航空隊には四箇所の飛行場ができていた。

陸軍のは戦闘機航空隊である。海軍が戦闘機航空隊二箇所と陸攻航空隊一箇所の計三箇所。陸海軍合わせて四箇所だ。

このなかで陸軍戦闘機隊の役目はブナ地区の防空にあり、侵攻作戦は考えていない。

対する海軍航空隊は、その戦闘機隊も必要なら防空任務につくものの、基本的には攻撃に向かう陸攻隊を警護するためのものだった。

したがってポートモレスビー砲撃作戦では、陸軍戦闘機隊は敵襲があってからはじめて動き出し、主体となるのは海軍航空隊という段取りだった。

作戦進行の都合上、すべて海軍で閉じているほうがなにかと都合もいいのである。

ブナ地区の滑走路はこの時、深夜にもかかわらず明るく照らされていた。陸攻隊や戦闘機隊が夜襲を仕掛けるためである。

ブナ地区とは別に、サラモアには電波の送信所が設置されていた。だから、ブナとサラモアの送信所の方向から陸攻は自分の位置を夜間でも知ることができた。

目標はポートモレスビーであり、その位置はわかっているから電波灯台があれば、夜間でも爆撃できる。さすがに命中精度となると、これだけでは心許ない部分もあるが、そもそも都市に対する爆撃であるから、精度はある程度は妥協する。

もとよりこの程度の攻撃で、ポートモレスビーが降伏するとは思えない。ただ、敵の注意を航空隊に向けるのには十分な戦力だろう。

それでも爆撃の精度を高める工夫はある。照空隊が先導して、吊光投弾によりポートモレスビーを照らすのだ。もとより灯火管制がなされていることが前提の対応だ。

それぞれの滑走路から順番に離陸する。陸攻隊の基地は探照灯を上に向けているので、戦闘機隊はそれを目指して飛行し、それぞれの陸攻隊に合流する。

つまり、戦闘機隊は二つの陸攻隊に分かれて護衛することになる。ただ陸攻隊は電波灯台のおかげで位置関係がわかるので、陸攻隊の合流をもって戦闘機隊も合流するという道理である。

　これほどの規模での夜間攻撃は、ニューギニアでは初めてであった。それだけに参加する将兵は緊張していた。

　万が一にも機位を見失ってしまったら。敵味方の識別を間違えてしまったら。そんなことはないとわかっていても、初陣ゆえの不安はある。

「敵はどう出ますかね？　電探はあるんだから」

　陸攻隊の隊長機の中では、そんな会話も交わされる。敵は迎撃すると思われていたが、現状ではそうした様子はない。

「あえて危険な攻撃は行わず、対空火器で反撃を仕掛けるのではないか」

「でも、迎撃なしというのも危険では？」

「それはそうだが……貴官が敵だとしたら、どうする？」

「そうですね……」

　副官は考える。

「明後日の方角で火災を起こして、そちらに敵を誘導しますかね。夜間ですから」

「火災で敵を間違った場所に誘導か……」

　その時、隊長はあることに気がついた。

「航法員、天測では現在位置はどうなっている！」

　航法員はいささか訝《いぶか》しがりながら、六分儀で天体観測を行い、位置を割り出す。その結果は驚くべきものだった。

「機位がずれてます！　現状のままだと、我々は海に爆弾を投下することになります！」

　機体の位置はずれていた。それは一キロ、二キロのレベルだが、それだけずれれば爆撃は失敗する。

「隊長、これは？」

「君のおかげだ。我々は初めて電波灯台を使って夜間攻撃を行っている。しかし、どうやら敵にその意図が気取られたらしい」

「気取られたとは、スパイでも？」

「スパイかもしれないが、電波灯台も試験はやっている。その電波を敵が傍受したら、意図を推測するのは容易だろう。

　電波局で機位を確認する。原理は誰でも知っているし、このニューギニアなればこそ、その重要性が高いこともわかっているだろう。おそらく、どこかに本局よりも強力な電波を送信する基地局を用意したのだ」

「電波灯台の偽物！」

「ポートモレスビーから見て、本物の局との直線上から少しずれたところに作る。我々がポートモレスビーに一定以上接近すれば、偽局の電波のほうが強くなる」

　航法員が改めて電波の位置関係を調整すると、果たして強い電波と弱い電波の二つがあった。弱い電波を使った時こそ、天測とデータが一致した。

「こんな仕掛けがあれば迎撃機などいらないさ」

　それは日本軍が経験した、初めての電子戦とも言えた。しかし、攻守ともに電子戦の経験が乏しいため、陸攻隊はすぐにその欺瞞《ぎまん》を見抜いた。

「航法員、このまま偽電波に誘導されたとして、直前で正しい方位位置に戻れるか」

「電波灯台の精度に限度はありますが、天測は可能ですから、実測値との差分は絞り込めます。もう少し計測を続ければ、タイミングは割り出せると思います」

「ならば実測を続けて割り出してくれ」

「隊長、なぜ敵の策謀に乗るのですか」

隊長があえて偽電波にしたがうことに副官は異を唱えた。

「策謀に乗るわけじゃない。乗ったと思わせるのだ。偽電波にしたがえば、ポートモレスビー近くの海に出る。だから敵は灯火管制を行い、対空火器も使わないだろう。電波一つで我々を空振りにできるのだからな。

それは言い換えるなら、偽電波に乗っている間は、敵からの攻撃はないということだ。無抵抗の航路を前進し、直前で正しい位置に戻るなら、敵は何もできないだろう。忘れるな。敵は確実に我々を電探で監視している！」

隊長の読みは当たっていたのか、戦爆連合は何者にも遮られないまま、前進を続けた。すでにポートモレスビーでも爆音は聞こえているはずだが、所在を隠すためか探照灯さえ隠れている。

「全機、方位転換！」

隊長機が事前の手順にしたがい、翼端灯を点滅させ、部隊に針路変更を伝える。

ここで戦爆連合は一気に方位を転換し、ポートモレスビーの上空に到達すると、吊光投弾を展開する。

マグネシウムの照明により、ポートモレスビーの街が一望に見渡せた。それに対して陸攻隊は、小型爆弾を街中に投下した。

それは主として、大型爆撃機を中心とする地上に駐機している軍用機に向けて行われた。

小型機の識別は掩体に入ると難しくなりがちだが、B17爆撃機のような大型機は、さすがに隠しようもない。

さらに、零戦がそうした機体に二〇ミリ機銃弾を浴びせると、それらは地上で炎上し始める。

こうした奇襲攻撃にポートモレスビーの守備隊は明らかに出遅れていた。一つには日本軍機が接近し過ぎたため、レーダーでも計測できなかったからだ。

もちろん、対空火器にも探照灯にも兵員は配置されていたが、彼らには日本軍航空隊の動きまではわからなかった。直前まで「計画通り」と知らされていたのだから。

ようやく対空火器が動き出した頃には、陸攻隊による爆撃は終了していた。重爆撃機を中心にポートモレスビーの航空隊には大打撃が生じていた。

そして、ブナ地区の航空隊による攻撃はこれで完了した。

4

ブナ地区のポートモレスビー奇襲成功の一報を戦艦大和と武蔵の部隊は、ニューギニア東南端のミルン湾で受けていた。現時点で、ここは敵も味方も管理していない。だから部隊を潜めるにはうってつけの場所だった。

脇坂艦長も空母葛城作戦室で、その報告を受けていた。

「二二〇〇をもって予定通り出動する」

第四艦隊司令部は戦艦大和に将旗を移していた。これに伴い連合艦隊司令部は一時的に、陸上に司令部を置いていた。

これは以前より問題となっていたことで、航空主兵の現代で軍艦に連合艦隊司令部を置くことが不合理ではないかという指摘による。

特に基地航空隊を束ねて航空艦隊が編成される状況では、水上艦艇部隊だけでなく、航空隊の運用も連合艦隊にとって重要な問題となった。

だからそれらを一元管理するなら、強力な通信局を傘下に入れた地上司令部が望ましいという意見である。

この問題への結論はまだ出ていなかったが、こうした議論を踏まえ、基地をトラック島の陸上に上げたのである。

護衛の駆逐艦・巡洋艦が先導し、戦艦大和、武蔵、そして葛城の順にミルン湾を出る。葛城の後ろにも一個駆逐隊がついていた。

ポートモレスビーが基地機能を復活させるまで、長くて二日、早ければ半日と考えられていた。滑走路は応急処置ができるだろうし、問題はその後の北オーストラリアからの増援部隊の移動だ。

どれほどの部隊が、いつ現れるのか？　作戦の可否はそこにもかかっている。小型機は航続力が短いので、否応なく船舶輸送になる。

問題はB17のような重爆撃機で、それらは直接、ポートモレスビーまで移動可能だ。したがってこれらの部隊が、どういうタイミングで移動するかは重要な問題だ。

戦艦大和が強靭とはいえ、Ｂ17部隊は大和や武蔵の命取りになる可能性もあるのだ。

ミルン湾からの行動は、夜が明けると陣形は変わり、空母葛城と若干の駆逐艦だけの小戦隊が本隊の斜め西側を先行する形となった。

葛城の電探で北オーストラリアの敵部隊の動きに備えるためだ。万が一の時には葛城が敵を抑えるなら、本隊の二戦艦が敵に気取られることは避けられる。

午前中は何もなく、午後もしばらくは何もない。ブナ地区の友軍部隊は、さらに一度ポートモレスビーを爆撃し、そこでは空戦も起こったという。

反撃ではなく防衛戦という点で、ポートモレスビーの航空戦力は、やはりまだ復旧は遂げていないようだ。ただ、戦闘機隊が活動できた点は憂慮すべき事実だ。

高須司令長官は、ブナ地区の航空隊からの報告を重く受け止め、本隊と葛城の距離をさらに広げた。空母をより西進させ、北オーストラリアからの航空隊の動きに備えたのだ。

じっさい動きはあった。

「電探に反応があります」

脇坂艦長以下の幹部たちは、その報告に色めき立った。電測員だけが落ち着いている。

「大型機ですが単独です。飛行艇か偵察機と思われます」

「飛行艇か偵察機か」

葛城の緊張はやわらいだが、それでも篠田飛行長は迎撃戦闘機をいつでも出せるように待機させた。相手が飛行艇であったとしても、こちらにやって来られるなら厄介だからだ。

しかし、その大型機はそのままポートモレスビーのほうに移動して行く。そして一時間もしないうちに、同じ飛行機と思われるものが、やはり電探に捕捉された。

仮に大型機用の滑走路が復旧したならば、すぐに増援が送られたはずだ。そうではなく大型機が単独で、すぐに帰還したというのは飛行艇である可能性が高い。偵察か人員の移動か何かだろう。

篠田飛行長は念のために二機の零戦を葛城から発進させ、飛行艇の動向に備えさせた。先ほどよりもポートモレスビーに接近しているからだ。

しかし正直、それは保険以上の意味はなかった。だが飛行艇は急に針路を変え、零戦のほうに向かっていった。じつは飛行艇からは、上空の陽の光を反射した零戦が見えたのだった。

つまり、保険のために出撃させた零戦が、敵を呼ぶという皮肉な結果になった。

電探が飛行艇の針路変更を告げたため、すぐに迎撃機は飛行艇に向かう。それは比較的旧式の飛行艇であった。

防御火器も不十分で、二機の零戦の攻撃を受けたことで、あっけなく撃墜されてしまった。しかし、飛行艇も攻撃を受けたことを通報するだけの時間的な余裕はあった。

飛行艇は撃墜されたが、ポートモレスビー上空は急にうるさくなってきた。小型機用の滑走路から戦闘機などが迎撃態勢を整えているためだろう。

脇坂艦長は、部隊の防空に対しては独自の判断で戦闘機隊を出す権限を与えられていた。彼はその権限を行使して全戦闘機に出撃を命じ、直衛の二機以外は、すべてポートモレスビーに突入させた。

　このことは戦艦大和の高須司令長官にも報告されたが、第四艦隊司令部からは特に中止命令の類は出されなかった。


　ポートモレスビーで戦闘機隊を迎え撃ったのは、雑多な戦闘機であった。P39やP40といった米陸軍機が中心である。

　だが、P36のような旧式機まで出動しているのは、彼らもまた戦力に十分な余裕があるわけではないということだろう。

　二八機の零戦隊は、そうした連合国軍戦闘機を速度と運動性能、さらには火力で圧倒し、次々と撃墜していった。ただ、数では連合国軍機が勝っており、撃墜される零戦も出た。

　さらに厄介なのは、ブリストルのブレニム爆撃機も何機か出撃していることだった。明らかにそれらは空母葛城を攻撃しようとしている。

　冷静に考えれば、この状況なら空母が接近していることは明らかで、事実、葛城は存在する。

　葛城のことはいいとしても、問題は本隊である大和と武蔵だ。どのタイミングで砲撃を行うのか戦闘機隊の隊長は知らなかったが、ともかく、この爆撃機は排除しなければならない。

　戦闘機隊の隊長は、すかさず爆撃機攻撃を全機に命じた。

　この時、ブレニム爆撃機は五機だった。すぐに零戦隊が襲撃しようとするが、それを連合国軍の戦闘機隊が阻止し始める。

単純に戦闘機と戦闘機の戦いであるならば、零戦が優勢であった。しかし、戦闘機で優勢では駄目なのだ。爆撃機を阻止することこそ重要なのだ。

敵戦闘機を振り切って、何機かの零戦がブレニム爆撃機に銃撃を仕掛ける。しかし、すでに二〇ミリ機銃弾は撃ち尽くされ、七・七ミリ機銃しか攻撃手段がない。

それでもブレニム爆撃機は撃墜されていったが、前進する爆撃機が一機あった。

爆撃機は空母葛城の位置を知らない。だから最短距離で移動すると考え、そのコースをたどった。

葛城の電探はブレニムの動きを把握し、戦闘機隊に通報したが、戦闘機隊も身動きが取れない状況だった。

そして、ブレニム爆撃機は戦艦大和と遭遇した。

5

「敵機、撃墜！」

高角砲担当の砲台長より、敵双発爆撃機の撃墜を報告された高須司令長官であったが、喜ぶ気分ではなかった。

ポートモレスビーを指呼《しこ》の距離とするところまで来て、敵機に発見されてしまったのだ。こうなれば、敵機が殺到するのを覚悟せねばなるまい。

「ブナから増援を呼びましょうか」

参謀長の提案に高須司令長官は首を振る。いまさら遅い。

戦闘機の三〇もあれば、作戦は問題なく実行できると考えていたが、どうやら甘かったようだ。敵の航空要塞なのだ。五〇、六〇という戦闘機を用意すべきだったか。

「敵機多数、接近中です！」

電探の報告に、高須司令長官は隷下の艦艇に対空戦闘を命じた。いまできることはこれくらいしかない。

「あれか」

高須司令長官の双眼鏡の視野の中に多数の敵機が見えた。だが、それらはいずれも戦闘機であった。

高須司令長官は軍用機に詳しいわけではなかったが、それでも相手が単発機で爆装も雷装もしていないことの意味はわかる。

戦闘機で戦艦に向かっていってもなんにもならない。戦いさえ成立しない。機銃で沈むほど戦艦は脆弱ではない。

一方で、戦艦の対空火器も、上空を飛んでるだけの戦闘機に対しては効果的な武器ではない。つまり、戦艦と戦闘機は噛み合わない戦闘を続けている。

それはどちらもわかっている。それなのに戦闘機隊が攻撃を仕掛けるのは、明らかに牽制のためだ。それにより戦艦の砲撃を一分一秒でも遅らせる。

高須司令長官は、敵パイロットの必死の思いは理解できたが、自分のなすべきこともわかっていた。

「砲撃位置です！」

砲術参謀の報告に高須司令長官はうなずいた。そして砲撃が始まった。

6

大和と武蔵、両戦艦の砲撃は最大射程で始まった。直線距離にして四〇キロはある。

ポートモレスビーは港町だが、入江に中洲のような島があり、そこの砲台が水路を管制する形になっていた。

戦艦の砲撃がはじまる少し前に零式観測機が発艦していた。弾着観測のためである。

零観には敵制空権下でも弾着観測が可能な空戦能力を持たせるよう、海軍から要求が出されていた。

そのような状況で弾着観測機が飛ばせるのか。開発側に疑問を持つ者もいないではなかったが、開発陣の尽力で海軍の要求仕様通りの機体が完成した。

そしていま、そのあり得そうにない状況の中で、零観はポートモレスビー上空にいた。複葉機が飛んできたことで撃墜を試みた戦闘機もあった。しかし、翼面荷重が軽い複葉機の運動性能を甘く見たのが失敗だった。

零観はすぐに反転して、戦闘機の後ろにまわると、それらを銃撃して追い払ってしまう。

そして、敵機がいない隙に弾着観測を行った。最初に破壊されたのは島の砲台だった。直撃はなかったが、もとより四六センチ砲を受けることなど考えていない砲台である。

至近距離の弾着で砲台は機能を喪失した。そして、砲撃はポートモレスビーそのものに移る。

戦艦の砲撃は高い命中精度で行われた。弾着観測機があることと、もともと移動する戦艦から移動する戦艦を攻撃することを意図して設計されているだけに、静止している都市部への砲撃は、それだけ命中精度が期待できるわけである。

主として破壊されたのは、最初は滑走路、その次が航空基地の支援施設であった。さらに倉庫や発電所などである。

都市そのものへの砲撃は極力控えられ、特に港湾部への砲撃はそうだった。

そのため湾内の船舶は結果から言えば無傷であったが、それは後からわかることであり、この時はどの船舶もポートモレスビーからの脱出を優先した。

砲撃が航空基地中心なのは、言うまでもなくニューギニアにおける制空権の確保のためだ。過去の戦闘で滑走路を破壊しても、割と簡単に復旧されてしまった。

それは四六センチ砲による砲撃でも同じだろうと考えられた。当面の敵航空戦力の封印には滑走路破壊は必要だが、長期的には飛行場の支援施設破壊こそ敵へのダメージになるという判断だ。

それに対して都市部の破壊と港湾施設の温存は、ポートモレスビーの占領を意図していた。廃墟を占領しても意味はない。都市は可能な限り無傷で手に入れねばならないのだ。

港湾施設も同じで、物資の船舶輸送のことを考えれば、ここもまた破壊はできない。

実際のところ、連合艦隊司令部もポートモレスビーをいつ占領するのかという点では明確な方針は立っていない。

ただ連合国軍から見れば、何が破壊され、何が破壊されていないかで、日本軍の意図は読み取れよう。

逆に、日本軍がポートモレスビー占領を意識しての攻撃であることを敵に印象付けるなら、敵は戦力をこちらにまわさねばならないので、ほかの戦域での圧力が軽減する効果も期待できた。

重要なのは、占領するかしないかは日本軍の決定で左右される。つまり、ポートモレスビーに関しては、この砲撃で日本がイニシアチブを握ることになるのだ。

滑走路が破壊されたことで、連合国軍側の戦闘機隊の動きも変わった。自分たちが帰還すべき滑走路がないのだ。

これがオーストラリア大陸なら、適当な空き地に強行着陸も考えられる。しかし、ここはニューギニア島である。都市を外れたらジャングルしかない。

一部の戦闘機は、それでも海岸に着陸を試みた。しかし、海岸のぎりぎりまでジャングルが迫っている中での着陸は思った以上に困難で、二機が試み、どちらも失敗して機体は横転してしまう。

この状況で制空権は完全に日本軍の掌握することとなり、零観も安心して弾着観測に専念できた。

支援施設で真っ先に破壊されたのは、レーダー関連だった。日本軍においても電探の重要性が常識化しつつあるなかで、敵軍のそれを最優先で破壊するのは当然だった。

ただ接近しているとはいえ、三〇キロ以上離れた場所からの砲撃でもあり、ピンポイントでは砲弾も命中しない。

しかし、命中する必要もなかった。一・六トンの砲弾が炸裂すれば、少なくとも一〇〇メートル四方は無事ではすまない。

まずアンテナの鉄塔が吹き飛ばされ、さらにレーダー施設そのものが破片により大破する。

砲弾の弾着がほぼ垂直に近い角度であるため、周辺には直径一〇メートル近いクレーターができていたが、その土砂もまた砲弾が爆発した時、武器として作用した。

トン単位の土砂が吹き飛ばされ、再び空から落下するのだ、それが破壊力をもたらさないわけがない。

いくつかの砲台が大和や武蔵に対して砲撃を試みてはみたものの、戦艦を破壊する以前に、砲弾自体が戦艦まで届かない。射程三〇キロは、そう簡単には実現しないのだ。

大和の側も必要以上にポートモレスビーには接近しなかった。近海では機雷原に接触する恐れがあるからだ。

通常は駆逐艦が掃海作業にあたるのだが、今回は上陸作戦を伴っていないため、掃海部隊の出番はない。また、周辺の海図が整備されていないなかでは、座礁の危険もある。

そうしたことから遠距離砲撃を行っていた。ただ、ポートモレスビー側からの砲撃は彼らも考えていなかった。そんなものは眼中になかったのだ。

しかし、そうしたポートモレスビー側の砲撃も、戦艦による反撃がなされると、すぐに沈黙を強いられた。もともと砲台も港の管制のためであり、射程もそれほど長くない。

だが、圧倒的な火力でのポートモレスビーへの砲撃は突然、終了した。砲身命数のこともあり、そう無闇に砲撃もできない。

それでもポートモレスビーの損害は甚大であった。それは観測機からの報告でもわかった。

「そうであれば、無理してでも陸戦隊を編成すべきであったか……」

高須司令長官は、いまさらながら思う。

最終的には陸戦隊による上陸も考えられていたが、どの部隊を用い、戦闘序列をどうするかなどについては、まったくと言ってよいほど具体策は進んでいない。

そもそもの発端が中途半端な空母戦にあり、そこからポートモレスビーの弱体化を早急に進めるという今回の作戦案が浮上してきたのだ。

だから上陸作戦は後日となる。

敵を弱体化させ、それを維持することで、今後の上陸作戦の環境を整備する。司令部全体は漠然と、そうした思惑で動いていた。

しかし、零観からの戦果報告を受けた第四艦隊司令部の中では、「ポートモレスビーが降伏し、無血入城できるのではないか」という意見さえ口にされるようになった。

ともかく、戦艦大和と武蔵による砲撃は完了した。二隻はラバウルへと帰路についたが、その間、連合国軍からの航空攻撃は一切なかった。航空要塞としてのポートモレスビーは、すでに機能を停止していた。

第四艦隊や連合艦隊の誰もが、連合国の戦意喪失を疑わなかった。それがため一時的に第四艦隊に編組されていた戦艦大和と武蔵は、再びトラック島へと戻っていった。

7

ポートモレスビーからのブナ地区への攻撃は、二大戦艦による砲撃作戦以降、一切行われなくなった。

偵察機を飛ばしてみると、滑走路の復旧はかなり進んでいるものの、肝心の航空機の姿は見られなかった。どうも航空機の補充がうまくいっていないらしい。

この情勢で、ブナ地区から大規模な攻勢に出られればよかったのだが、そうはいかなかった。

ブナ地区の航空隊を増強できるほどの戦力が、まずなかった。

航空機を生産しているのは日本本国だけであり、そこからニューギニアは遠い。また搭乗員の不足も解決しておらず、戦力の増強が難しいという現実があった。

皮肉なことに、ポートモレスビー砲撃の成功が、ブナ地区の兵力増強の逆風となっていた。

日本軍が連合国軍と戦闘を行っている戦線はいくつかあり、航空機などは優先的にそちらに送られていた。

この情勢では、戦闘力がないとしか思えないポートモレスビーと対峙するブナ地区は、兵力増強の優先順位を下げられていた。

本当なら、あとひと押しの戦力がほしいところにもかかわらず、「どの部隊も平等に」という配慮のため、「戦闘がない」戦域への戦力の補充は見送られていたのである。

別の観点で述べるなら、ニューギニア島の戦略的重要性については了解されていたものの、それをどう攻略するのか、海軍内部で明確な指針がまだ立てられていないということでもあった。

なにしろ島とはいうものの、面積は本州より大きな島だ。日本列島に一億近い人間が生活しているのに、ニューギニア島の人口は希薄であり、都市と呼べるのもポートモレスビーしかない。

そういう土地を軍事拠点にするのは容易ではない。基地を支えるために生産力を持った都市建設も必要となれば、もはやそれは政府、大本営の人植事業となるだろう。

すなわち、ポートモレスビー攻略レベルの話であれば、もろもろ迅速に進んだであろう案件が、戦略レベルに話が大きくなったため、次の一手を打つことが難しくなっていたわけだ。

それもこれも戦艦大和・武蔵による砲撃が、望外の戦果をあげた結果であった。思った以上に早く、次の一手を出さねばならなくなったわけだ。

ただ、そうした話はあくまでも中央の都合だ。ブナ地区の現場は、手持の戦力で戦線を維持することを余儀なくされていた。

中央の認識が希薄なのは、航空機は戦闘がなくても劣化するという事実に対してである。高温多湿のニューギニアでアルミの塊である飛行機を運用するからには、戦闘がなくても劣化は避けられない。

そして航空機の数が多ければ、一定数はどうしても稼働不能になってしまう。誰かの怠慢ということではなく、航空機とはそういうものなのだ。

しかしながら、こうした現場の事情への認識は高くない。中央は現状維持のつもりでも、それは現場の戦力低下を意味していた。

それでもラエなりウエワクなどの基地に兵力の余裕があったら、まだ融通も期待できたのだが、ニューギニアの各基地も状況は似たり寄ったりだった。ニューギニアは広すぎたのだ。

このような状況は、大和・武蔵のポートモレスビー砲撃前から起きていた。なので航空戦力の増強が行われていないのも、じつは作戦前からのことであった。

にもかかわらず、砲撃作戦ではブナ地区の航空隊は奮闘し、かなりの負荷がかかっていた。作戦終了後に補充があると信じていたからこそなのだが、悪意はなかったにせよ、結果としてそれは口約束に終わった。

そのためブナ地区の航空兵力の稼働率は、作戦後にかなり悪化していた。

航空隊の司令官としては、戦力を整理することを余儀なくされていた。いくつかの任務を中断し、ポートモレスビーと対峙することを最優先にしたのである。

ここで省略されたのは、外洋への哨戒飛行であった。とりあえず移動式の電探を海岸に移動し、哨戒飛行の代替とした。

哨戒飛行を中断したことで、ポートモレスビーへの備えは一定水準を維持できるようになった。

異変は未明に起きた。

「班長、電探の様子が変です」

深夜直の下士官が、移動式電探の人員を統括する班長を仮眠室へ起こしに来た。

電探はトラックに載せられ、一輌は電探そのもの、一輌は発電機やポンプなど、もう一輌がコンテナを改装した仮眠室だった。

仮眠室はコンテナの左右に三段ベッドがあり、中央に細長い書き物机があった。さすがに調理設備はなく、料理は航空基地から運ばれてくる。

班長はそんなコンテナの仮眠室にいた。

「様子が変とは、どういうことだ？　敵襲か」

「そうではなくてブラウン管がおかしいんです」

「なんだ、表示器の故障か」

班長は時計を一瞥《いちべつ》する。まだ仮眠をとって三〇分も経っていない。

それでも彼は電気の技術者でもあったので、機器の故障には興味があった。面倒な故障を直すことに、彼はある種の生きがいを覚えていた。

「あぁ、こりゃおかしいな」

オシロスコープのブラウン管は、幅の狭い棘波《きょくは》で埋まっていた。棘波の波と波の間隔が敵までの距離であるわけだが、このような表示は通常は起こり得ない。

この画面だと、送信した以上の棘波を受信していることになる。

「何かの混信かもしれんな。空中線の不調で、自分の電波を拾っているのかもしれん。送信機を一度とめてみろ」

　電探は送信機、受信機、表示器の三つのコンポーネントからできている。日本のレーダーはそれぞれのコンポーネントを個別に改良しているため、コンポーネントの細かい型番が複数あった。

　そのため同じ形式の電探であっても、コンポーネントの型番の組み合わせがすべて等しいものは少なく、じつは一〇〇種類以上の違いがあった。

　班長は、そうしたコンポーネントごとの相性をまず疑った。高温多湿の環境であるから、部品の劣化も考えねばならない。

　しかし、送信機をとめても反応は変わらない。そうなると、受信機か表示器のトラブルとなる。

　受信機がおかしいので表示器の表示がおかしいのか、受信機は正常なものの表示器のトラブルで反応がおかしいかだ。

　両方故障の可能性も考えられるが、いまこの瞬間にとなると確率的に可能性は低いだろう。

　班長は、まず受信機にレシーバーをつなぎ、音を確認する。変調をかけて人間にも聞こえる周波数帯に変換する。

「あぁ、受信機だな、問題は」

　班長は原因を絞り込む。レシーバーからは表示器の信号に相当するような一定周波数の音が聞こえた。

「受信機の回路のどこかが、何かの電波を拾っているな。スーパーヘテロダインだからな。トラブルが多いとなると検波器か」

　電探の受信機は長いこと、超再生方式が利用されてきたが安定性は悪く、スーパーヘテロダイン方式への転換が言われてきた。ただ検波器の問題があり、解決は座礁に乗り上げた時期もあった。

しかし、技研のほかの研究機関の技術者が黄鉄鉱を用いた検波器を提案し、実験結果が良好だったため、いまはそれが活用されている。

黄鉄鉱の検波器はキャリブレーションの必要があったが、それとて通常の操作手順にしてしまえば何も問題はない。

それでも技研では技術的に苦労した分野だから、班長もそのへんに原因を絞り込もうとした。計測機で測定するため、彼は空中線の接続を切った。

すると、その瞬間に表示器の波形が消えた。送信波もなく反射波もない平坦な画面になる。班長は首をひねる。

「すると、どこからか、変な電波を受信しているというのか」

ほかの電探の干渉という可能性も考えられなくはないが、それもおかしい。電探が干渉するほどの電探を有する艦艇が接近したのなら、まずその接近が察知されるはずだ。

艦艇の存在も察知されないのに突然、電波干渉が起こるなど考えられない。

電探の移動局が轟音に晒されたのは、そんな時だった。コンテナ内の将兵は何が起きたのかわからないなかで、重巡洋艦の二〇センチ砲の砲弾に吹き飛ばされていた。

重巡洋艦はかなり接近しており、海岸から内陸に向けての二〇キロ近い領域の日本軍陣地は大なり小なり損害を受けた。

それでもブナ地区やほかのニューギニアの拠点

で、この連合国海軍の砲撃を迅速に知り得た人間は少なかった。陸上部隊は電話で結ばれていたが、その電話線が砲撃で寸断されたためだ。

連合国軍は事前に入念な偵察を行っていたのか、通信施設が真っ先に破壊されていた。

ブナ地区の航空基地は、危険分散のため距離を置いて建設されていたが、この時は全滅こそ免れたものの、友軍が攻撃されているのを知ることが遅れ、さらに全体状況がどうなっているかわからないという状況に置かれてしまった。

この間にブナ地区では、米陸軍兵による大規模な上陸作戦が行われていた。

本来なら海兵隊が上陸するのが自然であっただろう。しかし、場所がニューギニアであることが状況を複雑にしていた。

理由はマッカーサー将軍にあった。

彼はかねてからフィリピン奪還のために、ニューギニア攻略を主張していた。それは米海軍の戦略とは、むろん一致していない。しかし、この戦域の優先権はマッカーサーにあるため、ブナ地区上陸作戦は陸軍主導になったのである。

それでも上陸は比較的順調に進んでいた。米軍全般に上陸作戦への経験が乏しいことを考えるなら、上首尾と言えるだろう。

ただ、日本海軍陸戦隊も周辺部隊との連絡がつかないなかで、積極的な反撃を試みていた。いくら奇襲を受けたとはいえ、基地の側も海岸近くにあるからには敵の上陸は警戒している。

砲台など未整備の部分も多かったが、塹壕は用意されており、機銃座となる陣地も構築されていた。

　これはあくまでも結果論だが、奇襲攻撃による混乱から、日本軍の反撃が後手にまわったことは、結果的に米陸軍の進攻を遅らせることになった。

　海兵隊ならまだしも陸軍部隊だったので、火力支援の海軍巡洋艦との連絡が密に取れないため、原則的に砲撃は事前の計画にしたがい、決められた時間だけ行われることになっていた。これは同士討ちを避けるための配慮である。

　しかし、砲撃する側も日本軍陣地の正確な所在を把握しているわけではなかった。

　さらに事前偵察では、海岸近くの航空基地を占領し、そこに米陸軍航空隊を進出させる（そのための部隊が小規模ながらポートモレスビーに待機していた）計画であったため、偵察の重点はそこに置かれており、海岸付近の防御陣地への目配りはあまりなされていなかった。

　別に海岸の防御陣地を軽視していたわけではないが、それを撃破するのが事前砲撃と考えられていたのである。

　結果として、砲撃は激しかったものの、防御陣地はかなり生き残っていた。目立つような砲台も少ないため攻撃の主軸が定まらないことと、夜間に塹壕など砲撃しようがないためだ。

　航空基地の位置はわかっているが、そこは無傷で占領しなければならないため、砲撃対象から外さねばならなかった。

　日本軍が位置につくことが遅れたことで、米軍側は防御陣地が一掃されたと考えた。だから米軍部隊は前進できる部隊はより前進する形で、結果的に日本軍陣地の中に部隊ごとに散らばる形となった。

日本軍側はようやく態勢を立て直し、使える陣地に前進する。つまり、互いに気がついていなかったが、同じ領域の中に米軍部隊と海軍陸戦隊が混在している状況だったのだ。

そこで日本軍の反撃が始まった。海軍陸戦隊はそれぞれ自分の持ち場につけるものが、米軍将兵に銃撃を加えただけだった。

しかし、米軍兵士にしてみれば、四方から日本軍に攻撃されているようなものだ。そもそも、ここに日本軍などいるはずがないと思っていたから、日本軍の反撃は彼らには奇襲となった。

それは浸透戦術を意図したものではなかったが、結果として同様の状況になっていた。

この状況に、米陸軍将兵も海軍陸戦隊将兵も同様に驚いていた。米兵は日本軍の反撃があったことに、陸戦隊は米兵が予想以上に前進していたことにである。

それでも、準備された七・七ミリ機銃座や迫撃砲座などから攻撃を仕掛ける陸戦隊が、米兵の前進を阻んだ。

米兵から見れば、自分たちは日本兵に取り囲まれ、明らかに罠にはまった形だ。

陸軍の指揮官は巡洋艦への怒りを抑えつつも、再度の砲撃を一度は考えた。しかし、部隊からの報告を見れば、狭い領域に敵味方が混在していた。この状況では、砲撃による死傷者は塹壕すらない米兵のほうが大きくなることは明らかだった。

陸軍の指揮官は、ここで虎の子の戦車部隊を投入した。Ｍ３軽戦車の部隊がようやく上陸を完了したのだ。

　これは米陸軍将兵にとって敵前上陸が、この戦闘が初めてという事情がある。巡洋艦で敵陣地は一掃されるので、歩兵を最初に前進させて拠点を確保し、その後に上陸に手間のかかる戦車を上陸させる。

　彼らのシナリオはそうしたものだったが、それは日本軍の反撃で潰《つい》えてしまった。指揮官は態勢を立て直そうとしたが、日本軍陣地に包囲され、身動きの取れない部隊もいくつかある。

　そこで戦車は、まずそうした場所に投入された。戦車の絶対数が少ないこともあるが、ここで軽戦車は集団としてではなく、各小隊などへの支援のため一輌ずつ送り出された。

　陸戦隊には速射砲、つまり対戦車砲はなかったが野砲は何門かあった。

　それらには徹甲弾も用意されていた。そうした徹甲弾はＭ３軽戦車の正面装甲を貫通し、侵攻を頓挫させた。

　この状況で、日米の乱戦は夜明けまで続いた。

　ここで巡洋艦側が動き出す。偵察機を飛ばし、全体の状況を把握すると、戦闘中の日本軍ではなく、米軍がまだ侵攻していない日本軍の後方に対して、再び砲撃を加えたのである。

　この砲撃は膠着《こうちゃく》状態を動かした。日本軍は後退し、米軍は前進した。

第5章　戦艦陸奥

1

伊号第二〇一潜水艦が、ニューギニアのブナ地区を中心とした周辺海域に活動拠点を移動していたのは、直接には第七艦隊司令部の命令だった。ただ、命令そのものは連合艦隊司令部から出ていたらしい。

命令の根拠は、ポートモレスビーをめぐる航空戦の激化は必定と判断した司令部が、潜水艦部隊も動員することで哨戒網に万全を期すためと説明された。

哨戒網に万全を期すも何も、じつは航空哨戒が中断しているなかで、哨戒活動を継続しているのは潜水艦部隊だけであった。

しかし、指揮系統がそれぞれ異なるため、伊号潜水艦は航空哨戒の中断を知らないし、航空基地は潜水艦が哨戒任務についていることを知らなかった。

むろん関係方面に照会すれば、そうした事実は明らかになるわけではあるが、全体を俯瞰した情報は流れていなかった。

伊号第二〇一潜水艦やその僚艦は、それぞれ自由裁量でニューギニア方面に展開していた。

新進気鋭の艦長らは、主にポートモレスビーへと接続する航路帯に網を張っていた。

戦艦大和らによる砲撃で大打撃を受けたからには、補給物資が船舶輸送されるのは間違いない。だからその航路帯に網を張れば、スコアをあげられるという道理である。

じっさいこの方面では、短期間に一〇隻の連合国の商船が沈められ、損失量は八万トンにも及んでいた。

ただ伊号第二〇一型潜水艦もまた、二隻が撃沈されていた。それは衝撃的な事実であり、関係者は海外の大使館なども動員して情報収集にあたった。

それによる分析の結果は、なかなか衝撃的だった。まず連合国側の報道などを見る限り、伊号第二〇一潜水艦が、水中高速潜水艦であることを彼らは把握していないと思われた。

ある新聞記事は、プロパガンダなので話半分で解釈しなければならなかったが、伊号潜水艦は単独で攻撃していたのに、複数の潜水艦が襲撃する群狼戦術と紹介されていた。

どうやら一隻の水中高速潜水艦の活動を複数の潜水艦と判断したらしい。この記事から読み取れるのは、撃沈された潜水艦は高速機動を行っていたことと、水中音響をしばしば敵軍に捕捉されていたという事実だ。

立川潜水艦長は、撃沈された潜水艦長を知っていた。だから状況証拠だけで明快な結論を出せない、第七艦隊司令部の報告書の行間を読むことができた。

伊号第二〇一型の潜水艦長には、野心的な人間が多かった。それについては立川も責任を感じないわけではない。多数の有力軍艦を沈めた立川は、潜水艦乗りの中の英雄だった。

ただ、立川の戦果を「伊号第二〇一型に乗ることができたからだ」と解釈する人間も、じつは少なくなかった。

それは立川自身も否定はしない。伊号第二〇一潜水艦に乗っていなければ、これだけの戦果をあげられなかったのは確かだろう。

ただこれには、立川の技量と伊号第二〇一潜水艦の性能という二つの要素が必要十分条件として成り立っていた。技量が高い指揮官でなければ、高性能潜水艦の能力を引き出すことはできないのだ。

ところが、野心家たちは伊号第二〇一型の性能を「必要条件」ではなく「十分条件」と解釈していた。伊号第二〇一型に乗れば、誰でも戦果をあげられるというように。

だから先の新聞記事で撃沈された潜水艦長も、水中での高速機動により万能感に浸ったため、「水中では無駄な音は出さない」という潜水艦戦術のイロハを忘れていたのだろう。

そのため、せっかく高速機動を行いながら、敵軍は潜水艦の予測進路で待ち構えることができた。高性能潜水艦だからこそ、細心の注意で扱わねばならない。どうやら、彼はその道理を理解する前に戦死してしまったらしい。

それを自業自得と言うのは容易《たやす》い。しかし、指揮官の自業自得で部下も巻き込まれる。その意味では、彼には指揮官としての自覚が欠けていた。

故人に対してそれは厳しい見方かもしれない。だが一国一城の主とは、その責任を負わねばならないのだ。

残念ながら、昨今はそういう指揮官が主流のように立川は思えた。だから彼はポートモレスビーの航路帯から離れ、ブナ地区の沖合で哨戒任務についていた。

自分が下手に戦果をあげることは、後輩たちにあまりよい影響を与えない気がしたためだ。

この方面で大きな動きはないかもしれない。だがそれならばこそ、彼は自分の艦の幹部たちに、指揮官として考えるべき責任などについて教えようと思っていた。

全溶接構造の伊号第二〇一型は量産が進んでいるが、それだけに乗員が足りない。自分の部下たちも、この船で幾多の戦果をあげてきた。だから水雷長や航海長などが、ほかの新造艦で潜水艦長となる日も近いだろう。

その日に備え、彼は自分の知っていることをすべて伝えようと考えていたのだ。

しかし、戦場の女神は立川を休ませようとはしなかった。

「潜艦長、ブナ地区の沖合で砲戦が起きているようです」

それは哨戒長の報告だった。

伊号第二〇一潜水艦はシュノーケル航行で、浮上しないで移動していた。だから哨戒長は、夜間潜望鏡で周辺を観察することになる。

昨今は電探も普及し、夜間といえども安全ではないからだ。

「砲戦だと！」

立川潜水艦長は、発令所から直上の司令塔に登る。そこで哨戒長から潜望鏡を受け取った。

常に潜航している潜水艦であるから、夜間潜望鏡兼航海潜望鏡は広角と望遠などが切り替えられ、潜望鏡としてはかなり複雑な構造をしていた。航空機の偵察さえ可能なのだ。

立川は水平線の向こうの明かりを確認し、そこの倍率を上げる。光は脈動し、明かに砲撃だ。おそらくは重巡洋艦の二〇センチ砲だろう。

「先日のポートモレスビー砲撃への意趣返しか。ともかくブナ地区に急げ！」

伊号潜水艦はディーゼル主機で最大速力を出していた。それでも現場までは一時間近くかかるだろう。

目が無力化しないように広角のままで、砲口炎はできるだけ見ないようにする。

そうして接近している間に、だんだんと敵軍の陣容が見えてきた。重巡は二隻、駆逐艦は六隻で、さらに貨物船が一〇隻ほどだ。

戦闘が可能な頃には朝になっているだろう。砲撃は比較的短時間に終わったが、ブナ地区では明かりが見える。戦闘が行われていると思われた。ときどき照明弾も打ち上げられている。

「潜艦長、ブナ地区はどうなっているのでしょう？」

哨戒長は、この攻撃が単なる砲撃ではないと考えているのだろう。それは立川も同様だ。ともかく兵隊が上陸しているなら、一過性の作戦ではない。

「現時点で言えば戦線は膠着状態だな」

「わかるんですか、潜艦長？」

「ともかくも敵軍は砲撃を成功させたのだ。つまり、奇襲の成功だろう。しかし、さっきから海岸周辺での戦闘が続いている。

敵軍が友軍を一掃したという状況ではない。守備隊は敵軍を防いでいる。ただ彼我の戦線は不明確で、ある種、混戦が続いている」

哨戒長は、そこまで言い切る立川に驚きの表情を向ける。

「なぜ、そこまでわかるんですか」

「重巡だよ。彼我の戦線が明確なら、敵重巡が再度砲撃を加えるはずだ。それを加えないというのは、敵味方が入り乱れているからだ。

下手に砲撃すれば、友軍を巻き込むと判断されたのだろう。つまり、そういう状況だ」

立川は通信長に無線を確認させたが、この戦闘に関する情報は届いていない。苛立つが、流れていないことに文句を言っても始まらない。おそらく友軍部隊に一番近いのは自分たちだ。

それよりも立川潜水艦長は、何を最優先で攻撃するかに頭を悩ましていた。重巡か貨物船かという問題だ。

「水雷長、魚雷は何本だ？」

「艦首発射管なら八本です」

「八本か」

艦尾発射管にも二本入っているが、これは追撃された時の反撃用なので、いまは考えない。

「重巡に二本ずつ使って四本、貨物船には残り四本か」

口ではそんな見積もりを立ててみるが、八本の魚雷で六隻沈めるというような能天気なことを、立川はまったく考えていなかった。

駆逐艦は六隻おり、二隻撃沈できるなら上出来だろう。その二隻をどうするか。

重巡二隻というのはすぐに思いつくが、それが正解かどうかは難しい。

なぜなら、すでに敵軍は上陸を開始している。ならば貨物船を撃沈し、上陸部隊に打撃を与えることこそ優先すべきではないか。

貨物船は幸いにも縦一列に並んでいる。揚陸作業の都合だろうが、それなら魚雷に斜進角を持たせて八発すべて放てば、うまくすれば三、四隻は仕留められる。

ただ、それだと否応なく比較的遠距離になり、すべて外れる危険性もなくもない。

貨物船にせよ重巡にせよ、確実なのは二隻だろう。

「どうします、潜艦長？」

水雷長が尋ねるが、部下たちすべてが立川の言葉に耳をそばだてているのが彼にはわかった。

「まず、魚雷一本で敵貨物船を確実に一隻沈める。それから後退し、一時間後に、また一隻沈め、後退し、そう三時間後に、また一隻沈める。とりあえず、ここまでやって状況を見る」

立川の作戦案に水雷長もほかの部下たちも意外の念を持った。重巡を攻撃しないのもそうだが、なにより一撃離脱でないのがわからない。

「我々は友軍部隊にとって何がいいか、それを考えねばならない。敵兵はすでに上陸してるのだ。だから、貨物船を一隻撃沈する。一隻でやめることを、我々はわかっているが敵はわからない。

二隻目、三隻目への攻撃を恐れ、敵は警戒し、揚陸作業も中断するだろう。そして、何もないことがわかって作業開始が、一時間後といったところか。

二隻目の撃沈で、敵は本格的に船団護衛に備えなければならなくなる。これで重巡がいなくなれば、友軍は砲撃にさらされずにすむ。

そして敵が疑心暗鬼の中で、三度目の雷撃を行う。敵が周辺をいくら探しても、我々はいないわけだ」

立川潜水艦長の話を、部下たちはすぐに理解できたわけではなかった。

潜水艦の乗員であるから、目先の敵艦のことしか視界にはない。戦域全体の利点という視点を持つことは、じつは意外に難しい。

しかし一方で、彼らは立川潜水艦長を信頼していた。彼の采配で自分たちは海軍でもトップの戦果をあげている。

だからよくわからないが、潜水艦長がいいというなら、その作戦がいいのだろうとは思っていた。

とは言え、立川も自分の計画が最善と考えつつも、いざ敵部隊に接近すると動揺しなかったといえば嘘になる。

特に朝になって巡洋艦が再び砲撃を始めた時には、巡洋艦を雷撃せよとの命令が喉まで出かかった。だが彼はなんとか自分を抑え、その代わりに、まずもっとも大きな貨物船に照準を定めた。

「放て！」

一本の酸素魚雷が、停泊中の貨物船のど真ん中に命中する。水柱が立ちのぼり、破片が四散する。

大型貨物船は可燃物を多量に積載していたのか、火災は急激に広がり、巡洋艦から輸送船舶までが黒煙に覆われた。

「全速後退！」

伊号第二〇一潜水艦は、そうして一度、沖合に退避した。

六隻の駆逐艦は、一隻が貨物船の救援に向かい、二隻が敵潜水艦を求めて周辺に爆雷を投下し、残り三隻が巡洋艦の護衛にまわった。

砲撃を行っていた巡洋艦は、すでに砲撃を終えていた。状況から自分たちが真っ先に狙われると考えたらしい。

立川は意識していなかったが、確かに巡洋艦との位置関係を考えると、巡洋艦を狙った魚雷が外れて貨物船に命中したと、とれなくはなかった。

というか、巡洋艦はそういう解釈をしたらしい。貨物船より自分たちのほうが攻撃される価値があると考えるなら、状況はそうした観点で解釈されてしまうのだろう。

しかし、立川潜水艦長は巡洋艦を攻撃せず、そのまま沖合に待機する。

巡洋艦二隻は、それからは砲撃をしなかった。どうも敵味方が入り乱れた戦場では、精密射撃を行いたいが、移動しながらでは難しいと判断したのだろう。

さらにラエかどこからか日本軍機が現れ、巡洋艦に爆弾が投下された。

対艦攻撃としてはひどくあっさりしたもので、おそらくは敵軍を空襲するつもりでやってきた部隊が、巡洋艦も発見したので爆撃してみたというようなことだろう。ならば、それは陸軍航空隊かもしれない。

ただ雷撃と爆撃に立て続けに晒され、重巡洋艦二隻は退避しないが沖合へと下がった。海岸近くでは砲撃には好都合でも、思うように動けないからだろう。

皮肉にも沖合に退避したことで、伊号潜水艦との距離を狭めていた。

だが立川潜水艦長は、巡洋艦には目もくれず、再び輸送船舶に接近する。雷撃と空襲で、物資や増援部隊の揚陸は完全にとまっていた。

それは守備隊にはかなり有利な状況を作っていたようで、昨夜の奇襲上陸で米軍が確保した戦線は、徐々に押し戻されていた。

戦車は一時は圧倒的な戦力に見えたが、平坦な海岸で遮蔽物もなく、さらに火力による反撃を予想していなかったため、野砲による反撃で次々と撃破される。

陣地が入り組んでいた関係で、M3軽戦車のいくつかは正面装甲を貫通されたのではなく、側面を破壊されていた。

歩兵にとって前進する戦車は士気を高めたが、その反動で友軍戦車が次々と野砲に破壊されると、現場の士気は急激に低下した。

さらに重巡洋艦が戦線から離脱すると、戦場の最大火力は日本軍の野砲となった。

それらの野砲は建設重機でもある履帯式トラク

ターに牽引され、あらかじめ用意されていた通路を移動し、巡洋艦の攻撃から生きながらえ、神出鬼没の機動を実現していた。

米兵たちにとっては、巡洋艦が逃げ出し、貨物船が燃えている光景もまた士気を大いに下げた。

「自分たちは生還できるのか」

米兵たちにとってその疑問は、にわかに現実的なものとなってきた。

そして最初の攻撃から一時間後、伊号第二〇一潜水艦は、どうやら増援部隊を乗せているらしい貨物船に照準を定め、雷撃を行った。

彼らは重巡が狙われているという先入観のため、貨物船の警戒は必ずしも厳重ではなかった。そもそも駆逐艦六隻ではできることに限度がある。

二隻目の貨物船にも魚雷は命中した。最初の貨物船のように瞬時に炎上するようなことはなかった。だが、それでも船内は火災に見舞われている。

そして、船内からは多くの米兵が海上に逃げ出していた。

ボートは魚雷の衝撃で先に落下しているらしい。近くの船からすぐに救援のボートが出るかと思ったが、近くの船はむしろ自分たちが脱出するのに労力を傾けているようだった。

いままで何もなかった煙突から黒煙が見えた。落としていた缶の火を、また着火したのだろう。むしろ救援は駆逐艦が熱心だった。

じつは二隻目を狙うにあたって、立川も計算していた。直接の雷撃にはやや不利だが、巡洋艦と貨物船が直線状に並ぶような方位から雷撃を行っていたのである。

巡洋艦はともかく、警戒の駆逐艦は魚雷の推進器音が自分たちに接近してくることを捕捉していた。そのため駆逐艦も巡洋艦も、雷撃からほどなく動こうとしていた。

彼らから見て魚雷は外れたが、貨物船には命中した。この状況で巡洋艦が狙われたと思いこそすれ、貨物船を狙っているとは彼らは考えない。

じっさい駆逐艦は、さらに執拗に探信儀を作動させ、潜水艦を狩りとろうとしていた。

むろんそうした動きは想定内のことであり、立川潜水艦長は高速水中機動を行い、敵の攻撃の及ばない領域で息をひそめ、船団の様子を見ていた。

立川が主に見ていたのは駆逐艦の動きであった。直接の脅威でもあるし、その動きを見れば、敵が何を守ろうとしているかがわかる。

そして立川の思惑通り、敵は二隻の貨物船が撃沈されたにもかかわらず、あくまでも重巡が狙われたと判断しているらしい。

むろん輸送船団が無防備というわけではない。そちらにも駆逐艦は配されているが、重点はやはり重巡だ。

ただ、米軍もはっきりとは何がねらわれているのか確証はないらしい。

と言うのも、一度は再開した揚陸作業は中断し、さらに貨物船の缶にも火が入れられているからだ。煙突からはかすかに煙が認められた。いつでも逃げられるようにというのだろう。

立川は二度目の雷撃から、当初の計画通り三時間待とうとしていた。その間に、さらに航空攻撃が行われ、今度は貨物船に一隻、命中弾が出ていた。

陸軍か海軍かはわからない。ただ彼らは、巡洋艦に攻撃をかけようとはしなかった。あるいは、今回も陸軍航空隊なのかもしれない。

上陸部隊はかなり苦戦しているようだった。増援が来るなら無理しても前進しようと考えるとしても、後方では自分たちを運んできた船舶が次々と沈められている。

そのため増援は望めないどころか、巡洋艦の火力支援すらない。これは夜間に奇襲上陸を行った陸軍部隊には厳しい状況だった。

戦車があるため、砲兵機材は揚陸されていない。重火器といえば機関銃と迫撃砲までだ。火力の差は重巡洋艦が握っていたが、それが沈黙しているとなれば、日本軍の野砲がものをいう。

ともかく、戦車の喪失と重巡洋艦の火力支援の中断は、最大の計算違いであった。

米軍は一度集結して戦線を立て直すと、増援が来るまでの持久戦の構えをとった。ところが、その増援が来ない。

雷撃を受けてからは揚陸もとまっていた。そうしたなかで、再び貨物船を立川は雷撃した。

今度は、誰が見ても重巡洋艦は無関係な雷撃である。残されたなかで、一番大きな貨物船に照準した。そして命中し、貨物船は大爆発を起こした。爆薬の類が積まれていたのかもしれない。

結果として、米軍の一〇隻の貨物船のうち、五隻までもが沈められてしまった。

奇跡が起きたのは、この時だった。陸海軍航空隊が大規模な空襲を仕掛けてきたのだ。

別に立川の潜水艦は航空隊と示し合わせていた

わけではない。このタイミングは偶然だ。しかし、米兵にとっては致命的ともいえるタイミングである。

　貨物船が沈められると同時に、航空隊が攻撃を仕掛けてきたのだ。陸軍部隊の指揮官は、ここで継戦の不利を悟って撤退を決意する。

　いまなら輸送船舶に乗って撤退できる。このまま継戦し、脱出手段である船まで失ったら全滅を待つよりない。

　良くも悪くも、彼らが捕虜という選択肢を考えなかったのは、ほかの戦域ならいざ知らず、ニューギニアのような土地で捕虜になるなど自殺行為と考えていたためだ。

　日本軍が捕虜をどう扱うにせよ、この環境ではまともな待遇は期待できまい。

　このへんの米軍指揮官の判断までは立川にもわからなかったが、海岸から舟艇が次々と貨物船に向かって行く様は、それが撤退を意味するくらいはわかった。

「重巡に雷撃する」

　立川潜水艦長の命令に艦内はわいた。やはり自分たちの艦長は、やる時にはやる人だ。

　しかし、具体的な命令を聞いて彼らはやはり首をひねる。

「魚雷は一本だけだ」

　しかも狙うのは二隻ではなく一隻だという。

「どういうことでしょうか、潜艦長？」

　水雷長がおずおずと尋ねる。

「敵重巡も魚雷一本では沈むまい」

「よほど当たりどころが悪くて沈没。まぁ、普通は中大破ってところでしょうか」

「そんなところだ。まず一本では沈まん。しかし、手負いの巡洋艦には戦闘力もない。敵としては、いよいよブナ地区にはとどまれん」

「つまり、撤退のダメ押しですか」

「まぁ、そういうことだ」

とは言え、いざ雷撃となると巡洋艦は先ほどから警戒されていることもあり、魚雷は当初の一本から二本に増やされ、そのかわり距離はより遠くなった。

それは潜水艦の安全、つまりは部下の安全を確保するためだ。外野にはなかなかわからないが、立川潜水艦長が撃沈スコアを伸ばし続けることができるのは、この慎重さのためである。

戦場で生き残り続けなければ、スコアは伸ばせない。計算もなく豪胆さだけで初陣に臨み、撃沈されては意味がないのだ。

二本の魚雷が放たれ、巡洋艦に向かう。

酸素魚雷であるので航跡は残らず、射距離は長い。護衛の駆逐艦は潜水艦のいない場所に向かい、巡洋艦は回避しようとする。

しかし、一本の魚雷が巡洋艦に命中する。予想通り巡洋艦は沈没を免れたものの傾斜し、火災も起きているらしい。

それでも自力航行は可能であるようで、巡洋艦は戦列を離れていった。僚艦もそれにならう。駆逐艦だけが貨物船を護衛している状況だ。

「魚雷はあと三本か」

立川は先の展開を考える。

敵軍が完全に撤収し、その後、貨物船を襲撃することも考えた。しかし、窮鼠猫を噛むことも考えねばならない。

水中高速潜水艦とはいえ、駆逐艦よりは遅いのだ。六隻で本気で襲撃されれば、伊号第二〇一潜水艦といえども撃沈されないとも限らない。

じっさい駆逐艦は自分たちより離れていたが（あるいは離れていたからこそ）、動きに殺気さえ感じられた。自分たちの所在さえつかめないからだろう。

降伏して米軍に鹵獲《ろかく》されでもしない限り、彼らに水中高速潜水艦の存在は明らかになるまい。

すでに何隻かは沈められているが、それらは回収不能なほど深く沈んでいるため、米海軍はまだ水中高速潜水艦の存在を知らないと思われた。

それは仕方がないだろう。米英軍は水中高速潜水艦を持っておらず、大西洋で死闘を繰り広げているドイツのUボートは通常型の潜水艦だ。

その通常型潜水艦でも手を焼いている現実があれば、水中高速潜水艦にまで考えは及ぶまい。

とは言え、水中高速潜水艦も万能ではない。立川の見るところ、意外に理解されていないのは、水中高速潜水艦の弱点は雷撃にあるという事実だ。

水中での高速機動が可能でも、魚雷は従来の酸素魚雷だから、射距離や斜角は同じでなければならない。敵艦との射点の位置関係は変わらないのだ。

つまり射点についた時点で、水中高速機動という伊号第二〇一型の武器は使えないわけだ。相手の駆逐艦の指揮官が、それを十分に理解している男なら、雷撃時こそ最大の弱点となる。

雷撃と同時にすぐに機動力を活かせればよし、さもなくば射点付近でもたついていることで、敵艦に仕留められてしまうだろう。

むしろここは、攻撃できるのかできないのかではなく、全体の状況として攻撃が有利なのか不利なのかという視点で考えるべきだろう。

「本艦はしばらく、この船団を追尾する。そして必要に応じて、適切な攻撃を行う」

乗員たちはそれを真剣な表情で聞いていた。

彼らも、最初は立川潜艦長の采配の意味がわからなかった。しかし、自分たちの攻撃で上陸していた敵部隊が撤退したことに、大袈裟に言えば強い衝撃をもたらしていた。

自分たちの潜水艦長は、敵艦を沈めるのではなく、敵部隊を撤退させた!

この事実に乗員たちは、立川が自分たちより高い視点でものを考えていることを目の当たりにしたのである。

なので、この命令についても乗員たちは再び奇跡が見られるのではないかという期待をもっていた。

夜間になり、立川はあえて現状を長文で報告した。それは詳細な状況を報告するという本来の目的と、自分たちの存在を敵船団に知らせるという意味があった。

その思惑は当たったようで、通信後に船団の駆逐艦の陣形が変わり、巡洋艦を守るような配置になった。特に損傷した巡洋艦は、駆逐艦二隻が左右を守っていた。

むろん、立川はその巡洋艦を沈めるつもりなどない。彼はもう一隻の巡洋艦を攻撃する決心をする。ただし、遠距離からになる。

「三本すべてを発射する。この距離なら一本は命中するだろう」

それが立川の結論だった。

どうも上陸していたのは海兵隊ではなく、陸軍将兵に見えた。遠距離なので確信はないが、陸と海の連携がうまくいっていないようだから、たぶん間違いないだろう。

だとすれば、陸軍の作戦に部隊を出して、海軍の軍艦二隻が戦列を離れる結果になるというのは、次の作戦を実行する上で、敵にかなりの負担を強いることになるだろう。

果たして、この思惑通りに事が進むかどうかはわからない。この程度の損失は敵も折り込み済みの可能性もあるだろう。とは言え、やってみる価値はある。

船団とは距離をとっていたが、攻撃開始にあたって潜水艦は接近する。

米軍側も六隻の駆逐艦で、どう守るのか苦慮しているのだろう。五隻の貨物船は横一列に並べ、その後ろに損傷巡洋艦がついて、両脇に駆逐艦がいる。

貨物船の前にも巡洋艦がいて、残り四隻の駆逐艦が左右から船団を挟んでいた。

陣形だけ見ると、敵は伊号潜水艦の目的が貨物船と判断しているように見えた。

確かに三隻撃沈したのは事実だ。しかし、何を攻撃すべきかは状況によって異なる。昼は貨物船でも、深夜にはまた違う。

立川は慎重に接近する。ここまでは成功してきた。だからこそ、ここで慢心し、艦を危険に晒すわけにはいかないのだ。

幸い、敵は伊号第二〇一潜水艦の存在には気がついていない。ここまでくれば安心と考えているのだろう。

巡洋艦の損傷はそれほど深刻ではないのか、彼らは何度か大きく針路変更も行っていた。

立川は残り三本の魚雷を発射管に装填させ、遠距離から順次発射させる。深夜ということもあり、酸素魚雷の航跡はまったく見えない。

艦内も静寂に包まれ、時計員の時間を告げる声だけが発令所から響いた。

「命中、いま！」

その声と重なるように爆発音が響く。命中は一本だけだが、それは計算の範疇《はんちゅう》だ。

立川はすぐに移動する。モーターだけで高速移動を行うのだ。

駆逐艦が一隻、ものすごい速度で接近している。その音は潜水艦からも聞き取ることができた。

乗員たちは動揺していたが、立川はむしろ落ち着いていた。

「慌てるな！　あの速度では駆逐艦は聴音機が使えない！」

立川が一喝し、艦内は静粛になる。言われてみればその通りだ。

「面舵一〇度！」

潜水艦が針路を変える。立川の言葉通り、駆逐艦は潜水艦の位置を把握していたわけではなく、勘でこちらに向かっていたのだろう。

確かに鋭い勘だ。しかし、勘では潜水艦は仕留められない。

駆逐艦は、やはり伊号第二〇一潜水艦を捕捉することはできず、巡洋艦のもとに戻っていった。

貨物船五隻と雷撃で損傷した巡洋艦二隻。どうやら二隻目の雷撃は思った以上に深傷であるようで、自力航行はできず、駆逐艦により曳航されていった。

「ラバウルに針路を取れ！」

伊号第二〇一潜水艦の戦闘はこれで完了し、ブナ地区の米陸軍部隊は一掃された。

2

北畠大佐にとって、この時の戦艦陸奥の出撃は必ずしも喜ばしいものではなかった。それは不祥事の後始末による出撃だからだ。

じつを言えば、北畠大佐も不祥事の詳細は知らされていない。ただ、彼なりに乗員たちから聞いた話を総合すると、こういうことになる。

砲術科のある砲塔で、その砲塔を担当する分隊が、密かに酒盛りをしていたらしい。本来ならあり得ないことではあるが、帝国海軍でそうした前例がないわけでもない。

寝食をともにする人間集団が分隊であるから、そこで小さな不祥事が起これば、不正をただすよりも共通の秘密になりやすい。悪いことに、そうした秘密の共有が分隊の結束を固める側面さえあるのだ。

それに、長門級戦艦なら砲塔一つに五五人の人間が関わる大きな分隊であるから、さらに班ごとの人間関係にもなる。

問題の酒盛りが具体的に分隊規模なのか班の単位なのかは、わからない。北畠が着任した時点で前任者である艦長を含め、主な人間は異動させられていたためだ。

だから、直接の不祥事については噂レベルのことしかわからない。

どうも酒盛りの時の火の不始末で、火薬庫が危うく誘爆しかけたという話と、しごきに耐えかねた新兵が火薬庫で自殺を図ろうとしたという話があった。

それは二つの説があるのかもしれなかったが、一つの事実を二つの見方で分けているようにも考えられた。

ともかく、本来ならあり得ない砲塔で酒盛りなどということがあり、古参水兵に恨みを抱く新兵がいて、戦艦陸奥は一つ間違えたら日本の海で轟沈しかねない状況だったということだ。

そしていささか異例なことに、軍令部でもなく連合艦隊でもなく、この不祥事を重く見た海軍大臣の発議により、戦艦陸奥は前線に送られることとなったのだ。

日本国内で停泊していて精神が弛緩しているから、このような不祥事が起こるのだというわけである。

ただし戦艦長門に関しては、こうした処置は取られなかった。綱紀粛正くらいはあったかもしれないが、他所《よそ》の軍艦のことは北畠にもわからない。

それに言葉を言いつくろったところで、この出動は処罰であり、長門まで出撃させるのはおかしいという意見もあるだろう。

また軍令部や連合艦隊の中には、海軍の旗艦も務めた戦艦長門を作戦上の必然もなく出撃させるのは、無駄に有力戦艦を危険に晒すだけという出動に消極的な意見も根強かったと聞く。

北畠としても、長門までニューギニアくんだりまでやってくる必要はないだろうし、そもそも陸奥がこんな理由で出動することの意味もあまりないように思われた。

ただ話が海軍大臣にまで届き、罰を与えねばならないから出撃させられるというのは、北畠が知らないだけで、よほど深刻な問題だったとも考えられる。

じっさい「たるんだ精神は戦友の血を見ない限り直りはしないのだ」という物騒な意見も聞いている。

この意見がどこまで本気かはわからないが、実際の任務は微妙なものだった。先日、米軍が上陸したブナ地区に進出し、敵軍を牽制するというものだ。

ポートモレスビーの航空隊もいまだ無力であり、米空母部隊は活動しておらず、戦艦陸奥が航空攻撃される可能性は低い。

この点では、戦艦陸奥は安全だと考えられていた。それは北畠艦長にも連合艦隊から説明があった。

はっきりとは語られなかったが、どうもいざ陸奥を出す段になって、危険には晒せないという意見が強くなり、ブナ地区なら大丈夫だろうということになったらしい。

　これには必要に応じてポートモレスビーを牽制するという意図もあるようだった。

　ニューギニアに向かうにあたって、戦艦陸奥にも新型の電探が装備された。これも敵に対する備えらしい。

　こうしてトラック島を経て、ラバウルに寄港した戦艦陸奥は、四隻の駆逐艦の護衛を伴い、ブナ地区へと移動した。途中まではラバウルからの零戦が護衛にあたり、そこからはブナ地区からの零戦に引き継がれた。

　自分たちは懲罰のためにニューギニアに送られたと聞かされていた将兵たちも、最初は非常に士気が下がっていたが、自分たちの上空に常に友軍機が飛んでいる姿に、自信と士気を取り戻しつつあった。

　その間、北畠艦長は現地での陸奥の運用を考えていた。単に遊弋《ゆうよく》しているだけでも任務は果たせるのであるが、それに終始しては石油の無駄というものだ。

　さりとてポートモレスビーへの砲撃は、先日に大和・武蔵が行ったばかりであり、なによりそこまでの準備はできていない。

　ただ、敵軍がブナ地区に上陸したという事実は重い。山脈を挟んでポートモレスビーの反対側に位置するのがブナ地区である。

　連合国軍としても、ここを日本軍に奪われている状況は看過できまい。だからこその上陸作戦だったわけだが、ならば再度ここが攻撃される可能性はある。

となれば結論的に、ここに存在することで敵を牽制するという、艦隊司令部の説明を追認するしかない。つまり、すべては敵さん次第であって、自分たちから何かすることはできないという話だ。

これだけの軍艦を展開しているにもかかわらず、結論は北畠にとっても不本意だ。しかし、ここに至った背景を考えたら、これは受け入れるべき現実なのか。

じっさい、戦艦陸奥は遊んではいなかった。ポートモレスビーの航空基地の復旧は日本軍が思っていたよりも迅速であったようで、爆装した戦闘機がブナ地区を襲撃に現れた。

過日の戦闘で、ブナ地区の電探基地は破壊されていたが、戦艦陸奥の電探はそうした敵軍の動きを迅速に察知した。

すぐに迎撃戦闘機が陸海軍の基地から出動し、敵部隊を待ち伏せ、それが基地に到達する前に撃退することに成功した。

これはブナ地区の日本軍全体にとっては大きな戦果であったが、重要な役割を果たした戦艦陸奥の乗員にとっては実感がない。

対空戦闘配置についていたが、彼らの居場所まで到達できた敵機はおらず、陸奥自身は主砲はもちろん、機銃さえ発射していなかった。

ただ空戦の中で陸奥の存在は知られたのか、二度めの攻撃では、敵軍は海岸に出て迂回し、戦艦陸奥に殺到するコースで襲撃してきた。

しかし迂回したところで、接近すれば電探に捕捉される。迎撃戦闘機隊の出動は遅れたものの、敵も基地への侵攻には遠回りとなった。

「砲術長、新型砲弾を準備せよ。対空戦闘だ」

北畠艦長は砲術長に電話する。

新型砲弾とは、後に三式弾として知られること になる焼夷弾を満載した砲弾だ。敵編隊の上空で 炸裂すれば、編隊を一網打尽にできるという発想 の兵器である。

北畠艦長がこの砲弾を使おうと思ったのは、新 兵器の威力に期待してではない。

そもそも、彼らがここにいるのは砲術科の不祥 事が原因である。だから主砲塔の将兵に実戦を経 験させようと考えたのだ。

こういう機会を利用しなければ、実戦で四〇セ ンチ砲を撃つような機会はないだろう。

対空用の特殊砲弾は通常の徹甲弾などより軽い ため、初速こそ毎秒八〇〇メートル以上あるが、空気抵抗の影響も大きいので射程は二四キロが最 大だった。

しかもその弾道は直角三角形のように、高度の 頂点を迎えたら弾丸は急角度で落下してしまう。だから、実質的に有効射程は十数キロといったと ころだ。

北畠艦長は特殊砲弾を三回斉射させた。試射な ど行わず、測定データを入れてそのまま発砲した のだ。

砲弾が届くまで十数秒かかる。航空戦というこ とを考えれば、試射から本射などと悠長なことは 言ってられない。

むしろ続けざまに斉射することで、砲術科の将 兵に意識の転換を期待したのだ。

幸いにも電探は、角度精度は悪いが距離精度は高い。なので照準は距離に対しては意外に正確だった。敵の速度も計測しているから、なおさらだ。

そもそも、焼夷弾を撒き散らす特殊砲弾で角度精度にこだわるのは無意味というべきだろう。

一回に八発の砲弾が放たれ、それが三回で二四発の特殊砲弾が炸裂する。敵戦闘機隊の上空に焼夷弾の雨が降り注ぎ、三機の戦闘機が撃墜された。

手間を考えれば、たった三機の撃墜に総計二〇トンの砲弾を投入した形となり、お世辞にも効率的とは言えない。

じっさい戦闘機隊は、ほぼ無傷で焼夷弾の雨の中を回避して陸奥に接近する。

そこからは、迎撃戦闘機と対空火器の応酬だった。敵戦闘機隊は執拗に陸奥に迫ったが、それらは迎撃戦闘機と陸奥の対空火器に阻まれる。

それでも爆弾が一発、一番砲塔に命中したものの、装甲に傷をつけることなく終わった。

戦闘時間は短かった。しかし、艦長として北畠は、この戦闘により艦内の空気が変わったことを感じた。

戦艦陸奥は、しばらくブナ地区にとどまるようにという命令はそのすぐ後に届いた。

ポートモレスビーの航空隊には打撃を与えたものの、過日の米軍上陸騒動などでブナ地区が被った損傷については十分に復旧も進んでいない。

そのため敵の攻撃を吸収する役割が、戦艦陸奥に課せられたのである。いわば被害担当艦ということだ。

当初とは話が違う展開であったが、北畠は命令にしたがった。乗員たちが戦闘で働くことに強い意欲を示しているからだ。

やはり本国の泊地で無為に過ごしていた日々こそが、彼らの精神に悪影響を及ぼしていたのだろう。被害担当艦という役割には承服しがたい部分もないではないが、それより得られるものがある。北畠はそう判断した。

そうしたある日、電探が異常な反応を起こしたとの報告が北畠になされる。

「異常な反応とはなんだ?」

「無数の波形で画面が占領されているのです」

「機械の故障か」

「調査中です」

「すぐに修理せよ」

よく考えれば、このやりとりは会話になっていない。原因不明という報告に、修理せよという命令だ。

ただ北畠には、電探のおかしな挙動は故障としか思えなかった。原因不明も含めて機械の故障なのだから、早く直せと言ったのだ。

ここは技術者と用兵側との、電探運用に対する認識のズレであった。

そして最初にそれを見つけたのは、陸奥見張員だった。

「前方より敵編隊!」

この時も北畠は、電探の故障のタイミングで運悪く敵が襲撃してきたとしか考えなかった。電探の故障が敵の電子戦の結果とは思わなかったのである。

もっともこの時代、世界中でそれが理解できる人間は、宝くじに当った人くらい稀な存在ではあったが。

敵機発見の報告はすぐにブナ地区の航空隊にもなされたが、即応できる航空機は少ない。零戦が迎撃に離陸する頃には、敵機の姿は北畠のいる艦橋からもわかった。

敵編隊は一五機と思われた。いずれも単発機で、双発機以上の飛行機はない。しかも一五機のうち三機は複葉機であった。

「ポートモレスビーの疲弊ぶりは相当に深刻なようだな」

北畠艦長はそう考えた。しかし、複葉機でもなんでも敵機には違いない。

すぐに対空火器が攻撃を開始する。高角砲などは、敵戦闘機に対してはまだしも精度の高い戦闘を行っているように見えたが、複葉機に対してはなかなか至近弾にさえならない。

どうやら複葉機がいまの水準の軍用機としては遅すぎるためらしい。速度が単葉と複葉で大きく違うため、どちらかに照準を合わせると、もう一方の命中精度が下がる。

そういう計算効果なのか。しかし、それはいささか小手先が過ぎるように思われた。

だが複葉機が接近するに伴い、そんな考えは間違いであることがわかった。複葉機は雷装していた。つまり雷撃機なのだ。

「複葉機で雷撃だと！」

それは、オーストラリア軍がイギリスから供与されたソードフィッシュ雷撃機であった。

大型機が運用できないポートモレスビーで、数少ない対艦戦闘能力を持った攻撃機だ。

爆装した戦闘機の対応に追われて複葉機は後まわしにされていたが、まさに複葉機こそが本命だった。

零戦隊がようやく敵戦闘機隊に攻撃を仕掛けるが、ソードフィッシュは危険な距離まで接近していた。

三機は次々と雷撃を行った。

一機は機銃で撃墜されたが、二機はそのまま逃げ切った。そして、投下された三本の航空魚雷は航跡を曳いて前進し、一本が陸奥の艦橋下に命中した。

航空魚雷では、日本の航空魚雷のほうがイギリスの航空魚雷より炸薬量が多い。それでも陸奥にとっては致命傷ではないが、深刻な損傷だった。

すぐに隔壁閉鎖と反対舷への注水が始まった。艦の水平はほどなく確保できたものの、千トン単位の浸水により、戦艦陸奥の作戦継続は不可能となった。

空戦自体はこれで終了したが、戦艦陸奥は戦線離脱を余儀なくされた。

第6章　戦艦アイオワ

1

ジョン・マックリー大佐にとって、与えられた任務は十分過酷なものだった。

戦艦アイオワの艦長に就任すべく建造に立ち会っていた時には、そのことに不安を覚えたことはなかった。

アメリカ合衆国海軍の技術の粋を集めた新鋭戦艦に勝てる戦艦などない。彼はそう信じていたし、それはいまも変わらない。

だが、状況は大きく変わっている。真珠湾奇襲により、海軍力の中心は戦艦から空母に変わってしまった。

もっともマックリー大佐は、このことにさほど落胆していない。いまどき戦艦と戦艦が一対一で戦うなどということがあるはずがない。

否、そういう戦い方が非効率だからこそ、艦隊というシステムが開発されたのではなかったか。

だから艦隊がシステムとしてちゃんと機能しているならば、戦艦と空母の力関係が変わったとしても、海軍力としては変わらないのだ。

むしろマックリー大佐は、空母時代の戦艦運用を独自に研究してもいた。結論は単純だ。空母が艦隊の中核戦力なら、戦艦は空母をほかの水上艦艇から守る存在であればいい。

だが、マックリー大佐にとって予想外だったのは、日本軍の侵攻が予想以上に急激であったことだ。それでも、それは軍人としては気がかりなことであったとしても、自分の任務にいますぐ影響するとは彼も考えていなかった。

しかし、そうはならなかった。直接の責任者ではないにせよ、戦艦アイオワの就役は半年以上も前倒しになったのである。

確かに多くの主力艦を失なった米太平洋艦隊が、新鋭戦艦の就役を待ち望むのはわかる。しかし、半年以上の前倒しというのは正気とは思えない。

だが、米海軍は前倒し要求を変えない。マックリー大佐にはわからないが、どうも現場にはかなりの危機感があるらしい。

じっさい「戦闘艦として活動できるなら、不要不急の部分に関しては未成でも構わない」という通達まで出ていた。

そうは言っても軍艦には、そもそも無駄な部分はないのであり、不要不急の部分などないのだ。それは戦艦アイオワのような巨艦でも変わらない。

それでも造船官たちは色々な工夫をしていた。まず、航空兵装は後日装備として省略された。偵察機などは行動をともにする巡洋艦か空母に委ねればいいというわけだ。

居住設備にも大鉈が振るわれ、「快適な環境」は「不快ではない環境」にまで後退した。食事の質は低下しないが、食堂の質は低下するような省略が行われた。

基本的に設計変更ではなく、省略で時間を稼ぐ方法が取られた。

ただ「戦闘マシン」としては妥協することはなく、最新のレーダーに強力な火砲は設計通りに製造された。特にレーダー関係は付属機器も含めて自慢の装置であった。

このレーダーの存在が、偵察機省略という英断につながったといえる。

こうして戦艦アイオワは純粋な戦闘マシンとして就役した。マックリー大佐の多忙ぶりは、ここから始まったと言ってもいい。

ともかく、部下たちを一人前の乗員に育てねばならない。個人としてはもちろん、チームとしての一体感の造成が急がれた。

そのため艦長自身があちこちの部門に顔を出し、それぞれの部門の長と個人的な紐帯《ちゅうたい》を作り出そうと努力した。

そうしている間に、彼は米太平洋艦隊司令部から派遣されてきた参謀と作戦について打ち合わせる。

「本作戦そのものは、ブナ地区の直接攻略を意図してのものではない」

その参謀はマックリー艦長に対して、予想外のことを口にした。

「ブナ地区攻略を諦めたのか」

「諦めてはいませんよ、艦長。ブナ地区は攻略します。ただそれは、この作戦ではない」

「後日の話か」

「そうなります」

「なら、我々は何をするのだ、このアイオワで?」

「日本海軍の大和型戦艦を沈めます。日本の新鋭戦艦で、トラック島に進出しております。ポートモレスビーを砲撃し、現地はいまだに飛行場の完全復旧ができていない。放置するのは危険です」

マックリー艦長は、そんな話を思い出す。しかし、あの時は二隻ではなかったか。

「じつは過日の戦闘で、戦艦陸奥がブナ地区の戦闘で我々の攻撃により損傷を受け、日本に引き返したという戦果をあげています。

それと関係しているのか、連合艦隊司令部はトラック島の陸上施設から、どうやら日本本国に移動しているらしい。

それにあわせて連合艦隊旗艦であった戦艦武蔵が日本に戻っている。いまトラック島にいるのは大和一隻だけなのです」

「その大和をアイオワで仕留めろと?」

「アイオワの主砲なら、日本の新型戦艦といえども撃沈できるでしょう。

現在、ブナ地区は日米ともに大規模な航空戦が展開できない航空戦の真空地帯です。陸上基地も駄目、空母部隊もまだ動かせない。戦艦を仕留められるのは、戦艦しかありません」

「いまの状況で、ブナ地区ならばという条件でか」

「その条件で、です。重要なのはどういう形で敵艦が沈むか、ではない。敵新鋭戦艦が沈む。重要なのはこの点です。これにより日本海軍の不敗神話を封じ込めることができるでしょう。

日本軍には手痛い打撃となるだろうし、先の陸奥損傷とあわせ、ニューギニア進出を諦めさせることができるかもしれないわけです」

しかし、マックリー艦長は納得しない。

「疑問点が二つある。一つは、大和が出撃するという前提の話であるが、彼女が出撃などしなければ、計画は成立しない。

なるほどポートモレスビーでは出撃したかもしれないが、敵の編制が変わったなら、出撃の前提も変わるのではないか？

もう一つの疑問は、大和が本当に出撃したとして、アイオワだけで勝てるのかという問題だ。

むろん、アイオワが大和に劣るとは艦長として考えてはいない。しかし戦艦対戦艦の戦闘で、アイオワが勝つということを無条件の前提として作戦を立てるのは、決して合理的なやり方とはいえまい。

アイオワが勝つというのは、勝つための準備が整った上で言うべき事柄ではないのか」

だが、参謀はその疑問に驚く様子もない。

「当然の疑問です。最初の質問に関しては、すでにアイオワがニューギニア方面に出動していることは公開されております。

さすがに山本宛に電報を送ったわけではありませんが、オーストラリアのラジオ放送を傍受していれば、米海軍の最新鋭戦艦がニューギニア方面に進出するとなれば、敵戦艦は現れるはずです。

航空機が飛ばない状況で、戦艦と戦艦が一騎討ちできる場面はまずない。将来はなおさら起こり得ない。敵戦艦を倒すなら、この機会は逃せない。

真珠湾を奇襲するような連中なら、間違いなく攻撃を仕掛けてきましょう」

すでに敵を誘い出すためにラジオ放送までしているとは意外だった。正直、腹立たしい。しかし参謀の落ち着きぶりが、マックリー艦長を冷静にさせた。

「それで、アイオワが勝てる方法とはなんだ？」

「艦長、陸軍が撤退を余儀なくされたとはいえ、上陸に成功し、陸奥が雷撃を受けたのはなぜか、ご存じですか」

「さぁ、知らないが」

「日本軍もレーダーを持っている。通常なら早期に発見されていたはずです。しかし、されていない。なぜか？

それは敵軍のレーダーを特殊電波により無力化していたからです。日本軍のレーダー電波を真似て送り返す。すると、レーダーは自分の反射波と妨害電波の区別がつかなくなり、使用不能となる。

その装置は改良され、現在、軽巡洋艦メンフィスに搭載されている。装置の性能は陸奥への雷撃成功で確認済みです」

「メンフィスはオマハ級軽巡だったはずだが、なぜあんな旧式艦に？」

「旧式艦だからこそ、大規模な改造が可能だった。メンフィスが敵戦艦のレーダーを無力化すれば、アイオワのレーダーは使えるのですから、状況は圧倒的に有利です」

「レーダーの有無で明暗を分けるというのは、つまり夜襲を仕掛けるということか」

「いかがです？　勝利の確信は得られましたか」

マックリー艦長はうなずくしかなかった。

2

「米海軍が新鋭戦艦を投入するというのですか」

高須第四艦隊司令長官は、山本連合艦隊司令長官の話に驚いた。

「戦艦のみ？」

「そう、戦艦のみ。空母はいない」

「陸奥が撤退したことで余勢をかってですか」

高須にはそうとしか思えない。

「敵の狙いが、ブナ地区かどうかは疑念がある。陸軍部隊には動きがない。上陸作戦なら上陸部隊の編成が行われていなければならない。しかし、通信傍受によればそうした動きは確認されていない。


後追いになるが、前回の上陸作戦ではそうした動きがあった。我々が見逃していただけでな。今回は前回の作戦にはあった、そうした動きがない」

高須にはいまひとつ、全体状況が見えてこない。それは山本も承知してか、彼は説明を続ける。

「敵の新鋭戦艦はアイオワ級だ。これは事前の情報とも合致する。米海軍はこれの竣工時期を大幅に前倒ししたらしい。


現下の状況を考えるなら、それも理解できる反応だ。ただ、その新鋭戦艦を空母もつけずに出動させるというのは、普通に考えるなら無謀な話だ。

それが無謀な話ではないとしたら、考えられるのは、やはりブナ地区だ。彼我の航空戦力は戦艦を撃沈できる水準にはない。

陸奥にしても電探が故障した時に、よりによってソードフィッシュのような複葉機での雷撃が行われなければ、あのような失態には至らなかっただろう。

じじつ雷撃機は雷撃後ではあるが、零戦隊に全滅させられている。敵が航空脅威を意識せずに新鋭戦艦を投入できるのは、ブナ地区しかない」

高須司令長官にも、そこで話が見えてきた。

「制空権を握っているものがいない海域へ戦艦が出撃した。迎撃するなら戦艦ということですか。敵は戦艦大和の出動を待っている。つまり、罠であると？」

山本はうなずいたが、高須はすぐには納得できなかった。状況は確かに罠である。

しかし、戦艦一に対して戦艦が一。二対一ならまだしも、一対一で罠になるのだろうか？

もしそれが罠になると考えているとしたら、自分たちの戦艦を買いかぶっているか、戦艦大和をかなり見くびっていることになる。

しかし、それもどうも不自然に思えた。

「本当に空母はいないんですね」

「確認されていないが、索敵は継続中だ」

山本も空母部隊の同行を疑っているらしい。しかし、空母はいないようだ。そうなると、戦艦と戦艦が戦うということなのか。

「水雷戦隊を出して敵戦艦を仕留める……とは、いきませんか？」

「水雷戦隊しか出なかったら、敵戦艦は動くまい。敵は大和の動向を監視していると思われる。武蔵が日本に戻っているタイミングでの話だからな」

「二対一は避けたわけですか。あくまでも戦艦と戦艦。そして、敵は勝てるつもりでいる」

山本は高須の反応を待っていた。ブナ地区に関して、直接の責任は第四艦隊司令長官にある。

「敵がどんな罠を用意しているかはわかりませんが、敵戦艦がもっとも脆弱な状況なのも間違いない。航空脅威を考えずに戦艦同士が戦えるのは、この海戦しかないでしょう。

持てる戦力を動員し、敵の罠に備える。現状、我々にできるのはそこまでです」

3

「射撃管制レーダーによる砲撃は無理なのか！」

マックリー艦長は砲術長の話に驚愕した。作戦の可否はこの射撃管制レーダーにかかっているというのに、当初の話とは違ってできないというのだ。それでは作戦の前提が崩れてしまう。

しかも、自分たちはすでにブナ地区に向かっている。いまさら引き返すには遅すぎる。

「無理というわけではありません。ただ、射撃管制レーダーだけで砲撃は難しいという話です」

砲術長は目で、マックリー艦長に落ち着いてくれと訴える。

「距離精度は問題ありません。敵艦との距離はフィート単位で計測できます」

「フィート単位で計測できるのに何が問題だ。テストではうまくいったではないか！」

マックリー艦長は食い下がる。

「角度分解能に問題があるのです。最新式のレーダーなので、そのへんが安定しません。テストの時はうまく作動しましたが、常に成功するとは限らないわけです。

原因は不明ですが、いまは精度が安定しません。精度が安定しないとは、撃ってみなければ精度が確認できないということです」

「敵に当たったら、それで精度がわかるというわけか」

しかし、それでは照準器の意味はない。

「解決策はあります」

砲術長の言葉を、マックリー艦長はすぐには納得できなかった。いままで精度が出せないと言っていたではないか。

「方位計測だけ測距儀を使うのです。射撃用レーダーのアンテナは測距儀の上に載っていますので、問題はないはずです。測距儀の集光力は高いので、夜戦でも大きな問題にはなりません。ただ最大射程での砲撃とはなりませんが」

それを聞いて、マックリー艦長もはじめて安堵した。

「別に最大射程での砲撃は考えおらん。敵が射撃できないなかで肉薄して砲撃する。確認するが夜戦は可能だな？」

「接近戦なら問題ありません」

「ならば問題ない。さっそくその線で訓練してくれ。いいかね、この戦闘で敵戦艦を仕留めれば、後日装備の機器類が整備される。食堂で好きなだけアイスクリームを食べられるぞ！」

「はい。アイスクリームのために奮闘します！」

4

伊号第二〇一潜水艦の立川潜水艦長は、ラバウルでの補給事情に驚いた。なんと魚雷は四本しか提供できないという。

魚雷の消費に対して生産が追いつかないのだという。空気魚雷を用いる航空魚雷ならまだしも、潜水艦用の酸素魚雷は歩留まりが悪いのだという。

海軍当局も無策ではなく、もっと生産しやすい空気魚雷や電池魚雷の開発も進めていた。

ただ、これはなかなか面倒な問題を含んでいた。電池魚雷も空気魚雷も、酸素魚雷より性能で劣る。さらに電池魚雷はともかく、空気魚雷は航跡を残す。

また、より深刻なのは、雷撃用の機械式コンピュータである射撃盤が酸素魚雷専用に設定されているため、ほかの魚雷では雷撃設定ができないのである。

むろん、ほかの電池魚雷や空気魚雷用にパラメーターを変える射撃盤も開発できるわけだが、そのためには活動中の潜水艦や建造中の潜水艦で射撃盤の交換が必要になる。

だから、よしんば空気魚雷なり電池魚雷を提供されたとしても、雷撃方法はかなり難しくなる。よほど近距離から雷撃するか、毎回面倒な計算を手動で行う必要があった。

ともかく、ラバウルの魚雷の在庫は定数を割り込んでいた。手持ちをすべて使えば、伊号第二〇一潜水艦の必要分は満たせるが、ほかの潜水艦にまわせなくなる。

それは不平等ということもあるし、射点という観点で考えるなら、一隻に魚雷を集中するより、可能な限り数多くの潜水艦に少数でも広く魚雷を提供したほうが有利なのである。

とは言え、伊号第二〇一潜水艦の乗員たちは、この判断に納得していたわけではない。

「一番戦果をあげている潜水艦が、一番魚雷の提供を受けるべきだ」

それが彼らの本心だったが、立川潜水艦長はそんな部下たちをむしろ諫《いさ》めていた。戦果をあげたからといって驕《おご》るなということだ。

「我々なら魚雷四本で四隻は屠《ほふ》れるだろう。一回の作戦で四隻屠れるなら文句はあるまい」

海軍随一のエース潜水艦長からそう言われると、部下たちも返す言葉はない。

そうして出撃した伊号第二〇一潜水艦だが、哨戒区域はブナ地区だった。

「戦艦大和で敵アイオワ級戦艦を撃沈する」と言う連合艦隊司令部ではあったが、立川らの潜水艦が敵戦艦を雷撃することも期待しているというのだ。

逆に、敵新型戦艦を撃破できるとしたら、立川潜水艦長だろうという思惑でもある。それなら魚雷をもっとくれと思うが、それとこれとは話は別なのであった。

特に戦艦を沈めろと命令されてはいないものの、立川もアイオワ級戦艦は意識していた。艦隊司令部からの少ない情報によれば、改良された四〇センチ砲を装備し、三連砲塔三基の大型戦艦であるらしい。

　排水量は四万トン以上というから、ワシントン条約の制約を超えた重防御の戦艦と思われた。

　大和の四六センチ砲のほうが強力に思えるが、改良型四〇センチ砲は貫通力で四六センチ砲に並ぶとの噂もあった。

　少なくとも、既存の四〇センチ砲搭載の米戦艦より性能で劣るはずはない。

「四本の魚雷なら艦首発射管からの斉射で終わる。したがって攻撃は一回限りだ」

　立川潜水艦長は発令所で幹部たちの前でそうした考えを述べる。

　じつは彼には腹案もあった。それは艦尾魚雷発射管にある魚雷二本を使う案だ。それこそ最後の最後の案ではあるが、二の矢にはなる。

　もっともそれは、部下には伏せてある。奇策であるし、二の矢に期待されても困る。一回で成功させる気概であたってほしいのだ。

　なにしろ幹部たちは早晩、ほかの潜水艦で一国一城の主になる。だからこそ、一回一回の戦闘が重要となる。

「しかし潜艦長、アイオワってどんな性能の戦艦でしょう？」

　水雷長の問いはもっともだった。

「とりあえず本艦の妹と同等と想定する」

「妹……あぁ、戦艦大和ですか」

「日米の最新鋭戦艦だ。性能に極端な差はあるまい」

「しかし、四六センチ砲搭載の大和のほうが性能は上じゃありませんか」

「なら、なおさらだ。大和を沈める算段が立てば、敵戦艦なら着実に仕留められるのは理屈ではないか」

「なるほど」

戦艦大和をどう攻略するか。具体的な敵の姿が想定されたことで、伊号潜水艦内の議論は活発化した。

「しかし、敵戦艦は昼間に砲戦を挑むのでしょうか、それとも夜襲を仕掛けるのでしょうか」

航海士の発言で立川は、ある疑問が氷解した。

「航海士の指摘は重要だな」

立川の発言に当の航海士も驚いていた。

「なぜでしょうか、潜艦長?」

「どうも、情報では敵も味方も一対一で戦う状況であるらしい。おかしいとは思わんか? いかに新鋭戦艦を投入するとはいえ、米海軍はどうして一対一にこだわるのか」

「一対一にしたくとも、新鋭戦艦が一隻だからでは?」

「いい指摘だ、航海士。そう、新鋭戦艦はアイオワ一隻。そして米海軍にはほかにも戦艦はあるだろうに、なぜ一対一なのか?

それは、アイオワは大和一隻なら自分たちが勝てるという確信があるからだ。

だが、戦艦大和が実戦で敵艦を撃破したのは数回に過ぎない。それだけで大和性能を割り出すのは不可能だ。火力はあるいは読み取れたとしても、装甲厚や速力についてはわかるまい。

つまり戦艦としての大和性能は、米海軍にとっても未知のはずだ。少なくとも絶対的な優位を確信できるほどの情報はない。

にもかかわらず、敵は一対一なら航空機そのほかの邪魔がないなら、勝てると考えているのはなぜか？」

それに対して口を開く者はなかった。

「戦艦大和の性能の中で唯一、敵がそれを知ることができ、かつ自分たちの優位を確信できるもの。それは電探だ。

戦闘をしていなくとも、大和は電探を作動させていた。だからその電波を傍受し、電探の性能を割り出すことは可能だったはずだ。

例えば偵察機を接近させ、どこまで接近すれば相手が反応するかを見るとか、方法はいくらでもあろう。そして電探に関しては、アメリカのほうが本邦よりも技術的に進んでいる。

つまり電探の性能の差だけは、敵ははっきりと知ることができたわけだ。その差が、彼らに勝利を確信させるとしたら」

「敵は夜襲で撃ってくる！」

「そういうことだ、航海士。敵は自分たちの電探の性能に確信を抱くからこそ、一対一の夜襲を仕掛けるつもりだ。

夜襲なら航空隊の脅威も無視できる。もしも我が海軍が夜襲で戦艦大和を失ったとしたら、その影響は甚大だ。夜襲は帝国海軍のお家芸なのだからな」

立川潜水艦長は、自分は真相をつかんだと思った。彼は自身の見解を第七艦隊司令部に報告したが、それがこの作戦で真剣に顧みられることはなかった。

いかにエースでも、潜水艦長による戦艦戦術の意見は重視されなかったためである。だから戦艦大和の高柳艦長も、この仮説について何ひとつ知らないまま、戦場へと針路をとっていた。

5

高柳儀八艦長はブナ地区の沖合に到達した。それは、彼にとっては意外なことだった。

敵新型戦艦が戦艦大和を撃破するためにブナ地区に進出する。通信傍受などによると、それはほぼ間違いないらしい。むしろ意図的に通信を傍受させて、大和進出を誘っている節さえあるという。

正直、自分たちはうまうまと敵の策略に乗っているという予感はあった。

ただ互いに航空戦力は低調な状態であり、戦艦を航空攻撃で撃破できる水準にはない。むろん日米ともに戦力の復旧には邁進しているから、来月にはここも敵味方問わず、戦艦といえども危険な海域になるだろう。

だから戦艦で戦艦を仕留められるのは、いまこのブナ地区の沖合だけだ。

自分たちが戦艦大和でアイオワを撃沈するとすれば、いまこの場所をおいてほかにない。それは敵も同様だ。

敵の作戦立案者がどんな参謀かはわからないが、高柳艦長には大砲屋としての共感があった。罠であれなんであれ、米太平洋艦隊にも戦艦と戦艦が砲戦で決着をつけようとする者がいる。

そんな真似が可能なのも、この海戦が最後だろう。これ以降の海戦は戦艦が参戦するとしても、そこには空母があり、陸上基地隊がいる。

艦隊というシステムが複雑怪奇になるなか、軍艦が大砲で決着をつけるという単純な海戦は、今回の海戦を除けばもう起こり得ないだろう。

だから高柳艦長は、今日の昼間は偵察機を飛ばすなどして敵に備えた。

しかし、敵戦艦の姿はない。朝が過ぎ、昼になり、夕刻になっても敵戦艦の姿はない。砲戦をすると思っていたのに敵は現れない。

「夜戦を仕掛けて来るのでしょうか」

砲術長が言う。

「夜戦か。しかし、米海軍が夜戦を仕掛けて来るのは、きわめてまれだ。いまそれを行うか？」

「敵はブナ地区の航空隊を恐れているのかもしれません。先日の戦闘で、陸攻はまだ飛べないとしても、艦攻は運用可能です。

魚雷の備蓄を失ったので雷撃は不可能ですが、敵はそこまでは知らないでしょう。いずれにせよ、航空基地は脅威です。それを無力化しようとすれば、夜戦しかありません」

「航空基地の無力化か」

それを聞いて、高柳艦長はやや違和感を覚えた。砲戦を行うという点では確かにそれはあるだろう。だが、そうまでして敵は砲戦で決着をつけたいのか？　それが高柳艦長には疑問であった。そこまで固執するのは不自然ではないか？

「護衛の水雷戦隊から異常の報告は？」

「そうした報告はありません」

信号員が報告する。戦艦大和は水雷戦隊が守っているが、それも駆逐艦が四隻に過ぎない。戦隊というより実態は駆逐隊だ。

編制上は、駆逐隊は戦艦大和を守る任務ではあるが、指揮系統は独立していた。砲戦の時、大和はそれに専念するためだ。また、駆逐隊にも自由裁量を与えるという意味もある。

駆逐隊でも甲型駆逐艦なら敵戦艦を撃沈できるという考えである。さすがに戦艦と戦艦が一騎討ちという話を鵜呑みにしている人間はいない。

そういう意味では、この部隊は戦力としてはアンバランスではあった。丸腰の大和とはいかないが、重厚な護衛では敵戦艦が現れないかもしれない。

じつは、彼らとは別に海防艦が離れた海域で阻止線を形成していた。

高須司令長官もまた多くの将兵と同じで、戦艦と戦艦の一騎討ちという海戦を信じてはおらず、空母がないならと、敵潜水艦を警戒していた。

海防艦部隊はそのために動員されたが、友軍潜水艦以外は確認されていない。

「本気で、夜襲でけりをつけるつもりなのか」

高柳艦長は信じられない思いで夜の海を見る。

6

「メンフィスから入電。敵戦艦は予定通りに進んでいます」

マックリー艦長は通信長からの報告を受け、時計を確認する。

軽巡洋艦メンフィスは旧式艦だが、大改造の末に電子戦能力は米海軍一の水準に仕上がっていた。おかげでアイオワは大和の現在位置を知ることができた。大和のレーダー波を追尾しているらしい。

それで位置関係がわかるのは、艦首と艦尾にアンテナがあるからとかなんとか聞いているが、詳細はわからない。重要なのは位置がわかることだ。

ともかく、メンフィスのおかげで大和に気取られないままメンフィスは追尾可能だ。

「砲戦まで、あと一時間か」

「予定ではそうですが、メンフィス次第です。彼女が大和のレーダーを無力化してから砲戦です。どう戦いますか。やはり肉薄して?」

砲術長の問いかけにマックリー艦長は首を振る。

「砲戦距離に入ったら、すぐ砲戦に入る。測距儀とレーダーを併用した砲戦がどこまでうまくいくか、遠距離砲戦で調整する。訓練でうまくいっても、実戦で通用しなければ意味はないからな。

調整が完了したら、一気に間合いを詰めて本格的な砲戦にかかる。敵のレーダーが完全に無力なら、我々は無傷のまま肉薄できるはずだ」

戦艦アイオワは、着実に戦艦大和との間合いを詰めていく。そのレーダーは、ついに大和と護衛の駆逐艦の姿を捉える。

アイオワにも護衛の駆逐艦はいた。駆逐艦と駆逐艦のせめぎ合いは、彼らに任せればいい。いずれにせよ、それはどちらかの戦艦が沈んだ時に終了するのだ。

巡洋艦メンフィスが速力をあげ、戦艦大和に接近する。戦艦大和のレーダーがメンフィスを捉えるであろうタイミングでメンフィスが動き出す。

それはアイオワのレーダーの波長の乱れで確認されたが、あらかじめわかっていることなので、アイオワはすぐにチャンネルを切り替える。

「砲戦開始だ！」

7

「電探が故障です！」

電探から悲鳴にも似た報告が高柳艦長にもたらされる。夜戦があるかもしれないというこの時に、よりによって電探の故障とは。

「見張を厳重にせよ！」

高柳艦長は命じた。彼はいま、その故障が大和側の原因ではなく、敵襲であることを直感した。戦艦陸奥への襲撃も電探の故障から始まったのではなかったか。

あのブナ地区への米軍の上陸でも、電探の故障が報告されている。電探の故障が敵襲の前触れなら、いまの大和の電探の故障もまた、敵襲の予兆ではないか。

その直感は裏付けられた。戦艦大和の左舷方向で何かが光り、それから三〇秒以上経ってから、大和の前方に巨大な水柱が立ち昇った。

「距離は正しいが苗頭《びょうとう》は甘いな」

高柳艦長は、そんな言葉が自然に出た自分がおかしかった。そんな落ち着いていられる状況などではないのに。

「面舵九〇度！」

高柳艦長は命じる。大和クラスの戦艦が転舵するには時間がかかるが、発砲から弾着までの時間を考えると、敵はほぼ射程ぎりぎりの遠距離から砲撃している。

　だから照準を外す時間的余裕はある。じじつ二発目の砲弾は、距離も苗頭もかなりずれていた。

　高柳艦長は砲術長に砲戦準備を命じていたが、発射の命令は出せないでいた。遠距離すぎて、敵の位置関係がわからない。

　大まかな位置はわからないではないが、大まかでは砲撃できないのだ。

　大和は、一度はアイオワから離れる方向で進んでいたが、高柳艦長はさらに取舵一杯を命じ、大和を反転させ、アイオワに突進した。

　ともかくこちらが砲撃するには、彼我の距離を縮める必要がある。


　大和接近で、アイオワからの砲撃は一時的にとまったが、それにより彼女の位置もわからない。電探があればわかるのだろうが、相変わらず使えない。

「これは電探への攻撃なのか！」

　高柳艦長は現在の状況から、電探は故障しているのではなく、敵の妨害電波のようなもののために使用不能となったのだと理解した。

　だからこそ、敵は戦艦が一対一で戦える状況を望み、なおかつ夜戦を選択した。我に電探があり、彼に電探がないという状況を作り出し、夜戦を圧倒的に有利に進めるためだ。

　星弾を打ち上げてみるが、天候の悪さにも災いされ、遠距離の敵は見えない。

　どうやらアイオワは大和よりも速力に優っていい

るらしく、だから大和が距離を詰めようとしても遠距離を維持し続けているらしい。

　アイオワの主砲は大和より射程は短いとしても、夜戦と電探という二つの条件から、彼らはいまこの状況でならアウトレンジ攻撃が可能だ。

　そして予想外の位置から光が見えると、それは数十秒後に大和に対して、距離も苗頭も適格な弾着となる。ほぼ夾叉《きょうさ》弾と言っていいだろう。

「次は斉射か！」

8

「電探が使えないだと！」

　立川潜水艦長は予想外の報告に電探を覗き込む。画面は無数の棘波《きょうは》で埋まっていた。

「これが敵の武器だ！」

　電探の性能差で敵は夜襲を選んだ。立川の考えはおおむね当たっていた。

　ただし、電探の性能差ではなく、こちらの電探を無力化することで、電探の能力に差をつけるという点だけは違っていた。

「敵影のようなものを捉えたと思ったら、この惨状です」

「敵影のようなもの？」

「マストをあげて電探を作動させたら、いきなり飛び込んできました」

　潜水艦であるので、伊号第二〇一潜水艦は常時電探を作動させてはいない。だから状況次第で電探を作動させたら、敵が至近距離にいることもあり得る。

「一瞬でしたが、本艦の前方一万のあたりに。おそらくは本艦とほぼ正対する位置関係です」

どうやら問題の船舶は、戦艦大和のほうに向かっているらしい。立川も大和の位置関係は敵味方を誤認しないために航行計画は知らされていた。

伊号第二〇一潜水艦の電探はアンテナを手動で旋回させる方式だった。彼は電測員にアンテナを旋回させるように命じた。

すると、どこにまわしても程度の差こそあれ、画面は棘波で埋め尽くされるが、敵艦の反対方向に向けると、正常になった。

そして正常になった画面には、大型軍艦と駆逐艦らしい艦影があった。ただそれだけでは、敵か味方かはわからない。

「この船を撃沈する。どうやらこいつが電探を妨害しているようだ」

おそらく大和に対して妨害電波を出しているのだろう。離れているのは電波が強いのと、大和を追躡《ついじょう》しやすいためだろう。

電探の送信機を停止し、受信機だけを作動させても画面には棘波が映る。ただし、敵艦の方向に向けると電波は強くなった。

伊号第二〇一潜水艦は、そうして敵艦に接近する。互いに接近しているので、敵影は数分で確認できた。大和の動きに合わせて妨害電波を照射するためか、その船もそこそこの速度で移動していた。

立川潜水艦長は潜望鏡で確認する。深夜であったが、シルエットはわかる。どこかで星弾が上げられたのか、微かな光で状況もわかった。

それはオマハ級軽巡に似ていたが、かなり改造されていた。旧式巡洋艦だから改造しても惜しくないと思われたのだろう。

艦首と艦尾に巨大なアンテナが展開されていた。しかもそれらは旋回している。ほかにも艦橋周辺には簪《かんざし》のようにアンテナが林立していた。

「あれが妨害電波の発信源か」

立川潜水艦長は、すぐに雷撃準備を命じる。

「四本すべてを使え！　確実に沈めるのだ！」

艦首発射管に四本の魚雷が装填され、それらは射点についた伊号第二〇一潜水艦より順次発射される。

時計員が時間を読み上げるなか、ついに爆発音が艦内に響く。その数は三発。つまり、三本が命中した。

立川はすぐに潜望鏡にしがみつく。そこには、かろうじて艦首が海面上に出ている巡洋艦の姿があった。それは轟沈された。

「妨害電波、消えました！」

電測員の報告に立川はうなずく。

「姉の務めは果たした。あとは妹の実力だ！」

9

アイオワから斉射された砲弾は、戦艦大和を夾叉し、砲弾の一つは三番砲塔の防楯を直撃した。

砲塔の将兵は砲弾が命中した時、自分の死を覚悟した。それほどの衝撃が砲塔を襲った。じじつ数人の将兵が鼻血を出した。

しかし、大和の砲塔はアイオワの砲弾を耐え抜いた。至近弾であれば、あるいは貫通されていたかもしれない。だが、遠距離砲撃であることが幸いした。

砲弾の速度は大幅に低下しており、貫通力も相応に低下している。防楯に命中した砲弾は、そのまま弾き飛ばされ、海中に没した。

そうして大和はアイオワの斉射の第一弾を耐えた。

「電探が復旧しました！」

その報告とともに高柳艦長は、すぐさま砲撃を命じる。

砲塔はすでに敵艦に向いている。電探が測定した距離が入力され、ともかく反撃の砲撃を行った。

もとより命中は期待していない。ただ電探の妨害電波が途絶えたタイミングで砲撃を加えることで、敵の第二波を遅らせる計画だ。

その思惑は当たったのか、アイオワは進路を変え、大和の砲弾を避ける。

そこで戦艦大和は、一気にアイオワとの距離を狭めた。大和の接近にアイオワはそれ以上の速力で逃げようとする。あくまでもアウトレンジで攻撃するつもりなのだろう。

そして再びアイオワから光が見えた。砲撃か！

高柳艦長は緊張したが、砲撃しにしては何かおかしい。

電探からの報告が入る。

「アイオワ、速力を落としています！」

何があったのか、アイオワの艦上から炎さえ見える。これはチャンスだ。

すぐに大和から試射が行われ、さらに本射へと続く。戦艦アイオワの周辺に水柱が上がり、そして艦尾付近に火災が発生した。

「命中だ！」

大和艦上に歓声があがる。アイオワはどうやら舵をやられたらしい。大きく円弧を描き始めた。

大和はさらに接近し、アイオワに砲撃を加える。アイオワからの砲撃もあったが、その距離も苗頭も大きく狂っていた。深刻な損傷があったらしい。

そして、至近距離からの大和の砲撃が致命傷となる。

砲撃という点では命中弾は少なかったが、至近距離で落角が小さいために命中界が大きく、アイオワの艦上には多数の砲弾が命中したのだ。

それがアイオワの致命傷となった。

事実上、砲戦はこれで終わった。米海軍の駆逐艦が乗員を救助するのを確認し、戦艦大和は駆逐隊とともに戦域を離れた。

そして高柳艦長は、雷撃処分されたアイオワの炎上を水平線が赤く染まったことで知る。

「完全に魚雷ゼロですよ、潜艦長」

浮上した伊号第二〇一潜水艦は、順番に将兵を司令塔にあげる。敵戦艦が沈みゆく姿など、そう見られるものではない。まして自分らが雷撃した場合は。

「まさか艦尾発射管の二発まで使うとは思いませんでしたよ」

そう言う水雷長に立川は笑う。

「戦艦のほうからこっちへ接近してきたんだ。針路変更なのか何か知らないが、雷撃するのが礼儀というものだろう」
　そう言いながら立川は思う。本艦は、いささか過保護な姉なのだと。

（技術要塞戦艦大和　了）

RYU NOVELS

技術要塞戦艦大和③

珊瑚海海戦！

2020年2月21日　　初版発行

著　者　林《はやし》　譲治《じょうじ》

発行人　佐藤有美

編集人　酒井千幸

発行所　株式会社　経済界

〒107-0052
東京都港区赤坂 1-9-13　三会堂ビル
出版局　出版編集部☎03(6441)3743
　　　　出版営業部☎03(6441)3744

ISBN978-4-7667-3281-8

振替　00130-8-160266

印刷・製本／日経印刷株式会社

Printed in Japan